非限定Alpha

作者／米洛

2

雖然已經是晚上九點，但秦皇商貿中心五樓的美食街，依然人流如織，都是出來覓食的幹飯人。

幹飯不積極，思想有問題。

蘇珞遇到的還是大大大問題。

——我喜歡昊一。

喜歡那個應該是情敵的昊一。

這樣的不可思議事件，到底是怎麼發生的？？

蘇珞滿腦袋問號。

這不但不科學，還不符合自己平時的審美。

所謂的帥哥，應該像秦越一樣，溫煦陽光，表裡如一。

蘇珞偷偷瞄向走在他右邊的班長秦越，很高。班長的身高有一百九十公分，又愛打籃球，像體育生一樣活力充沛。

蘇珞發現從對面走過來的人，不論男女都會看著秦越。他就像一個發光體，吸引著他們的目光。

這男生真是又高又帥啊——他們臉上顯然帶著這樣的讚嘆。

非限定Alpha —— 米洛

蘇珞又想起班長提到過，昊一的身高是一八八。

雖說自己一八三的身高也不低了，但和他們比，還是矮得顯眼。

所以，他們才愛摸我的頭嗎？就很順手吧（此處應保持不失禮貌的微笑）。

果然頂級Alpha的身高都不會低於一八五……蘇珞想著，克制住想要扭頭往後看的衝動。

昊一和秦慧怡就走在後邊，大概隔十步的距離。

本來四人是走在一起的，但蘇珞想和班長走在一起，而秦慧怡纏著昊一，不知不覺就成為這樣的列隊。

這不就是自己想要的結果嗎？

——盡可能地遠離昊一。

尤其在遭受「情感波」襲擊後，ＣＰＵ完全轉不起，處在需要重啟的「死機」狀態。

但在按下Restart鍵前，他得先找到問題所在，才能修復系統。

蘇珞知道「喜歡上昊一」就是一個嚴重的系統錯誤，也是導致自己整套操作系統卡死、藍屏的罪魁禍首。

可他不知道該怎麼解決這個BUG?就像他不知道為什麼會這樣。

難不成真的要全盤格式化，恢復到出廠設定才可以?

可又要怎麼做才能格式化呢?他從沒有遇到過這樣棘手的問題。

（啊……後面真的好吵。）

蘇珞心中忍不住暗暗吐槽。

人少的地方還好些，一到熱鬧的美食街，身後的動靜就大起來。彷彿有明星來錄綜藝節目，一下子湧出好多看帥哥、湊熱鬧的人。

「這個Alpha也太帥了吧，比妳喜歡的那個誰，要帥多了!」這女生的語氣很激動。

「我靠，我不能接受有人帥過我的崽，這誰啊!」接話的女孩更是氣勢洶洶。

「不能接受妳還拿手機拍?」

「這叫偵查敵情!他長這麼好看，肯定不是素人。」拍照的女生信誓旦旦地說：「應該是還沒出道的練習生。」

「邊上的是女朋友?也很好看呢。」

非限定Alpha——米洛

「不是吧，不像是Omega。」

「妳看有好多人在拍他，要不我們去拿個聯繫方式？等哪天他紅了……」

「那還用說嘛，這款肯定會爆紅，就衝這顏值、這大長腿，還是Alpha，不紅才有鬼。」

蘇珞還是沒忍住地回頭看向女生。

誰讓Alpha的聽力就這麼好，能夠精準定位呢。

可他沒想到的是，這是兩個看起來還不到十四歲的小女生國中生……這讓他想起有人打王者時，和豬隊友對線半天才發現對方只有十歲，瞬間就歇氣了。

再看看周圍其他人，雖然議論歸議論，但都沒有人真的湊到昊一面前去要聯繫方式。

大家就像有那帥哥恐懼症似的，都只是遠遠觀望。

可真要恐懼，也就不會拍個不停吧。

還是因為昊一冷冽的A值，才沒敢靠近。

在昊一的周圍，像是存在一個看不見卻感受得到的「絕對領域」。只有他允許的人才能進入他的領地，否則就只能觀望。

而且越是在這種人多的地方，越是能感覺出昊一的與眾不同。

沒有人知道，昊一他看起來高冷、拒人千里，但其實內心溫柔。

蘇珞的目光不覺投向昊一，卻見他勾起唇角，輕輕拋給他一個wink～

靠！這笑容也太犯規了！

蘇珞瞬時滿臉通紅，抬手捂在怦怦直跳的左胸。他的系統已經卡死，可不能連硬體都崩了。

蘇珞立刻轉回頭，平穩心跳，身旁的秦越終於察覺到異樣，不解地問：「你在找誰嗎？」

從剛才起，蘇珞的腦袋就跟風扇似的，東轉西轉，可忙乎了。

「沒，我在看哪家的烤肉好吃……」

蘇珞話音未落，就感覺到有人靠近他身後，帶著野性的麝香味也包抄而來。

「你在找我？」昊一的腦袋毫不客氣地擱上蘇珞左肩，吐著熱息的唇瓣更是幾乎貼到蘇珞那軟乎乎的耳垂。

「誒？」蘇珞大吃一驚，這和後背抱沒兩樣的曖昧姿勢，讓他從耳垂到後背

非限定Alpha —— 米洛

炸出一串酥麻的顫慄。

他腰眼一哆嗦，飛快轉身，用手肘抵住昊一厚實的胸膛，音調都拔高了八個度：「你你你想幹嘛？」

「你不是在找我嗎？」昊一微笑，被嫌棄也照貼不誤。「所以我來了。」

「那那那你現在可以走了。」

蘇珞想，真的太詭異了，剛才還覺得美食街人太多，可是昊一一出現，就彷彿周遭事物立刻消失，他眼裡就只有昊一。

「我不走，我又不是狗狗。」只有狗狗才會聽話地呼之則來、揮之即去。

他就是要把腦袋湊近蘇珞，看他推又推不開、打又不能打的樣子。

目睹這一切的秦越簡直無語，心嘆：你還不夠狗嗎？都能看見你尾巴搖到飛起。

秦慧怡的嘴角揚起到快要和太陽並肩，手機也舉著直接拍攝：「哦！真是活久見，昊一歐尼醬竟然會撒嬌啊！哥，他在撒嬌耶~好可愛！是怎麼回事……這怎麼可能呢！」

明明周圍嘈雜得很，可蘇珞偏偏就能聽到秦慧怡說的話，大概是她說到昊一的名字，還說他可愛。

蘇珞皺著眉頭看了秦慧怡一眼，感到不爽地反手攥住昊一的衣領。

「哦，No～」秦越準備勸架，畢竟Alpha之間幹架真的太常見了。

然而蘇珞沒給秦越阻止的機會，雙手用力拽起昊一外套內的T恤領口，把兩人間的距離縮得更短。

蘇珞瞪著昊一那雙顯然震驚的眼睛，以幾乎快要親上的姿勢，下達通牒：「我的CPU在超頻狀態，所以我說的話、做的事，我自己都不能理解……」

「嗯。」昊一乖乖點頭。

「我們約會吧。」蘇珞兩耳通紅，眼神卻很堅定地注視著昊一。「就我和你，我們兩個。」

※

「我是單身狗有錯嗎？也是人啊，為什麼要被傷害？」坐在林肯車內的秦越，委屈得連喝兩罐肥宅水。「真是的，人家也想要約飯啊。」

想著剛才，昊一乖乖跟著蘇珞去吃飯的樣子，簡直沒眼看。

說著，秦越抱著手機嚶嚶起來，那是一小時前，他和昊一的聊天紀錄。

『阿越，你能出門吧？』

『如果帶上保鏢的話，我爸就不會囉嗦。』

『那來接我和蘇珞。』

『你們辦完事了？』

『嗯，我想帶他去吃飯。』

『那快去啊，還找我去做什麼？當電燈泡？』

『有你在，他才會去。』

『是嗎？哈哈，看來我這個班長的分量還是很重的……』

『等到地方，你找個理由離開吧。』

『什麼？』

『你還想要我的復習筆記吧。』

法學院是最難考的大學科系之一，不僅需要將近滿分的成績，還要考核綜合資質，那些與人文社會相關的考題廣泛，還非常難答。

而作為擁有ＡＩ一般大腦的昊學神，他的筆記幾乎囊括所有的重點考題，是千金難買的助學寶典。

重要的是，昊學神答應幫秦越整理出一份適合他的復習筆記。

『靠！又是這招，你每次都用這招，不會膩嗎！』

『不會……好用就行(*╹◁╹*)。』

『可以啊，都會發表情符號了，這就是愛屋及烏嘛。』蘇珞可是重度顏文字愛好者。

『還有，走的時候，把你的保鏢留下。』

『為什麼？』昊一大猛Ａ，什麼時候需要過保鏢了？

『我和你說過吧，蘇珞發現別墅裡的文件被駭了。』

『嗯，不是都刪掉了嗎？』秦越有收到昊一的情報。

原本他對此事一無所知，還以為那是什麼高官的小三，沒想到竟然是昊一爸爸的事。

然後他就很生氣，如果他早點知情，就可以幫昊一更多的忙，而不只是偷拍幾張照片。

在他行使竹馬特權，表示要絕交後，昊一才說出事情始末。

『這件事看起來像是駭客無差別的攻擊，但我想，會不會是有人在暗中調查我父親，比如政府高層，或者廉政部門。』

『有這個可能哦，如果和他們聯繫上的話，事情肯定會有新轉機，對了，蘇寶怎麼說？』

『我沒告訴他，這件事也不是他該煩心的。』

『也是，他和我們不一樣。』

不管是A值，還是擁有的社會資源，他們都比蘇珞高出太多。他們可以對付的事情，蘇珞不行，所以最好讓他遠離風暴中心。

『後續的事情我會讓李瑋調查，他在政府部門有不少人脈，但我有些放心不下蘇珞，覺得該給他加一道防禦。』

『我可以讓保鏢暗中保護他，這沒問題，不過被發現的話，他可能會生氣，你不是什麼都沒和他說嗎？』

『那就儘量別讓他發現。』

『……』

看看這說的，還有人性嗎？

「糟糕。」一直埋頭整理手機相冊的秦慧怡，突然道。

「怎麼了？」秦越趕緊看向妹妹。

「我嘴角下不去了。」秦慧怡指著自己的臉，那是滿滿的姨母笑。

「唉，妳就開心啦，可憐我走進自家商場都沒飯吃。」秦越是一副有冤無處中的可憐樣。

「安啦，每個談戀愛的人都會有一個大冤種兄弟。」秦慧怡拍著哥哥的肩膀說：「這很正常，而且哥你明明就很高興。」

「看得出來？」秦越頓時換了一副面孔，笑咪咪的。

「當然看得出來。」秦慧怡道：「你之前不還擔心昊一歐尼醬會孤獨終老嗎？不過……」

「不過什麼？」他這妹妹的眼光特別毒，總能看到別人看不到的地方。

「歐尼醬他不是沒有易感期嗎？」秦慧怡摸著下巴，很認真地說：「那他要怎麼和蘇珞小哥哥啪啪啊？」

秦慧怡作為Beta，其實沒有那麼瞭解Alpha的易感和Omega的發情是怎麼回事，不過她知道書上說的，Alpha只有在Omega發情、受其引誘時，才會進入易感期。

易感期的Alpha，尤其是男性，在H方面的戰力簡直爆表。而平時，Alpha和性冷感差不多，就不那麼想做，精力基本集中在學習和工作上，只是一台無情的賺錢機器。

但Alpha一旦易感，他的慾火足以燒掉一棟大樓，一次高潮排射能持續八到十分鐘。

這在她的本子裡也經常畫到，普通Beta男性排射一次也就一到兩分鐘的時間，而且Beta射精後，就會進入不應期，也就是暫時硬不了。

可男性Alpha能在射精後，很快恢復狀態，只要他還和他的Omega在一起，而這個時候的Omega也會處在一種完全迎合、任由Alpha擺布的狀態，他們只是擦槍走火還是標記，都不再由Omega決定。

所以社會上才會覺得Omega很弱，是需要特別保護的對象。

在秦慧怡的印象裡，爸媽也好，還是大法官夫婦，都曾經提到過昊一是沒有易感期的，所以才很特別。

要換在平時，秦越一定會捂住妹妹的嘴，讓她不要汙染自己的耳朵，可現在他呆住了。

因為只有他知道，昊一不是沒有易感期，而是他不讓自己易感。

猶記得，昊一在十三歲分化成Alpha時，他的初次易感就讓所有醫生，包括那些大放厥詞的ＡＯ專家全都束手無策。

昊一是頂級Alpha，但專家以為憑他們的經驗和醫療技術，足以應付。

卻不想昊一不但能讓Omega發情，還能激發Alpha易感。這一切反應就像核彈爆炸，信息素影響範圍之廣，後果之嚴重……讓專家恐懼得壓根兒不敢出現在昊一面前。

原本Omega發情就已是社會的不穩定因素，再出現了堪比怪物級別的昊一……有極端的專家甚至提出對昊一進行人道毀滅。

即通過注射過量抑制劑，對Alpha進行安樂死。

這是有刑法支持的。

但前提是這個Alpha真得十惡不赦，危害社會公眾的安全。

在一切混亂不堪的時候，昊一選擇把自己關起來。

他在特殊病院陰暗的地下室，穿著從頭捆到腳的束縛衣，就像套著裹屍袋，

非限定Alpha—— 米洛

在無盡黑暗裡苦苦支撐，硬熬過易感期。

也因為這樣，專家才放他一條生路，認為他至少還能控制自己。

只是，昊一的各項數據仍被研究院祕密監視著。

他們認為昊一就像是遺傳基因庫裡的一個ＢＵＧ，還是有史以來最強、最危險的那種。或許，昊一一個失控爆發，又要面臨「處刑」。

不知道蘇珞會不會成為修復ＢＵＧ的重要補丁呢？

秦越忽然擔心起來，蘇珞不會有問題吧？蘇珞也是Alpha，昊一應該不會對他易感才對。

秦越朝妹妹看一眼，卻發現她已經埋首在iPad上寫寫畫畫。

「幹什麼呢？」秦越問。

「不管他們能不能啪啪，反正在我這裡，孩子都已經生了。」秦慧怡寫著本子的情節大綱。

「什麼？」秦越呆住。

「該怎麼說呢？」秦慧怡托腮道：「蘇珞他太戳我的ＸＰ了，就長相也好，性格也好，都很對胃口。一想像他被昊一歐尼醬撲倒，各種醬醬釀釀的……我腦子就樂得停不下來，啊啊啊啊～不寫他一萬字，都對不起我自己……哦吼吼吼。」

從來只見新人笑，不聞舊人哭。意識到自己×昊一的CP就這麼涼了，秦越的心裡竟品出一絲絲的……悲涼。

不過嘛，看著嗑瘋了的妹妹，他似乎終於能理解什麼是嗑CP的快樂。單是看到他們站一起，嘴角就不由自主地與太陽並肩。

「慧怡，」秦越拿起一罐無糖可樂遞給妹妹，「妳畫完，記得送我一份。」

「不行，你得花錢買。」

「親兄妹之間，要算得這麼清楚？」

「就是親兄妹才得算帳。」

「那我提供素材如何？」秦越笑咪咪說道：「我在那邊可是有眼線哦～」

※

攥緊昊一的手，直奔人氣興旺的烤肉店，蘇珞是一頓操作猛如虎。

但屁股一落座，瞬間打回原形，小心臟撲通撲通地跳，他都沒好意思抬頭看昊一現在是什麼表情，只得抄起桌上的菜單研究，埋首盯著一份豬腰子，彷彿要把它看出一朵花來。

「年輕人吃點腰子挺好的。」來了兩位大帥哥，老闆娘親自出來招待。

這家烤肉店風格奇特，像是把建築工地邊的燒烤攤直接搬進商鋪，餐桌是那種纏電纜的木製捲線盤，中間空心部位是電烤爐，座椅就是工地隨處可見的藍色折疊椅。

昊一靠在椅背，一條胳膊很自然地搭在粗獷的餐桌上，即刻有種明星拍攝工業風時尚大片的既視感，活脫脫從雜誌扉頁裡摳下來的。

老闆娘上上下下打量昊一，笑得彷彿是十七、八歲的姑娘。

其他桌的客人都已是酒足飯飽，醉醺醺的，倒也沒留意這桌的情況。

「為什麼？」依然在看豬腰子的蘇珞，沒有領會老闆娘的意思。

「當然是吃腰補腎啊。」老闆娘很實在，笑呵呵道：「特別壯陽。」

蘇珞的臉瞬間紅了，他飛快翻過腰子那頁，像點鈔機似地唰唰往後走，來到滿目綠色、特別清新的一頁。

「這個、這個，還有這個，那個也要。」蘇珞連續下單。

「烤蒜苗一份、烤青椒一份、烤油麥菜……」老闆娘忍不住了，卻是對昊一說：「你這朋友，是屬兔的吧？」

「我不屬兔～」蘇珞立刻道：「阿姨，我想吃素不行嗎？」

清心才能寡欲。

完全不想承認之前被昊一「後背抱、咬耳朵」時，某個地方悄然硬了，好在他用書包擋住。

這還能再壯陽嗎？顯然不行啊。

「可是沒有肉下去烤，菜也香不了，而且我們家的蘸料可是獨門祕製。」老闆娘道，回的是蘇珞的話，眼睛卻沒離開過昊一一秒。

「就跟這個弟弟一樣，可稀罕了。哎唷，這長得也太帥了，都是爹媽生的，怎麼就能長得這樣周正……」老闆娘當真是舌燦蓮花。

「阿姨！」蘇珞晃了晃手裡的菜單。「妳看看我，我這點菜呢～！」

「好，還要點什麼？」老闆娘總算搭理他了。

「就……」蘇珞唰唰往回翻。「來點牛肉吧。」

不等蘇珞翻到牛肉那一頁，老闆娘的頭像按著彈簧似的，又轉向昊一。「弟弟，今年幾歲啦？有女朋友沒有？阿姨的女兒今年十九，長得也很漂亮哦。」

「什麼？」蘇珞不可置信地瞪著老闆娘，怎麼烤肉店還負責相親？

他當即抄起菜單想往老闆娘眼前送，可老闆娘都不鳥他，只看昊一，就跟丈母娘看女婿似的，越看越歡喜。

「我女兒啊，是個醫學生，她可優秀了……」

「阿姨～」蘇珞的聲音完全被老闆娘興奮到拔尖的音量給淹沒。

「老闆娘。」昊一的目光就沒從蘇珞身上離開過，看著他氣得嘟嘴的表情，再也憋不住地笑了一下。

昊一心想，可憐見的，蘇珞一定餓壞了吧。

而這笑容，直接把老闆娘看傻眼，更加記不得她還有另外一位客人。

「請問，你們這有情侶套餐嗎？」昊一終於看向大嬸。

「有、有有有，當然有！」被注視的大嬸相當激動，拍著手道：「情侶套餐怎會沒有呢，裡面選的都是上好牛肉、豬里肌肉，還有雞翅、魚丸等，就價格貴了些……」

說到這裡，老闆娘突然領悟，她看了看始終保持著禮貌性微笑的大帥哥，又看看那個抓著菜單，耳朵通紅的另一個男生，立刻捂住了嘴，像要驚嘆，但礙於場合沒有發聲。

「可以嗎？」昊一不理會老闆娘的驚訝，反而看向蘇珞，溫柔地問道。

「……嗯。」蘇珞點頭，看著烤爐，很是乖巧。「點套餐方便。」

「老闆娘，那我們就要情侶套餐。」昊一接過蘇珞一直舉著的菜單，遞還給老闆娘，又是一笑說：「小朋友喝不了酒，如果套餐裡有酒，麻煩換成可樂。」

「啊～好、好的！你們的套餐，很快就送上。」老闆娘接過菜單，腆著笑臉，幾乎是落荒而逃。

「去你的小朋友！我哪裡小了！」蘇珞終於看向昊一，卻在視線對上的那一刻，呼吸猛地一頓，緊接著，自耳廓開始，紅潮蔓延至脖頸，整個人都燥熱起來。

好熱啊，明明電烤爐都還沒開。

蘇珞呆呆地看著昊一，感受著那雙深邃、冰潤的眼眸裡，毫不掩飾的愛意。

——滿眼的歡喜。

——滿心的寵溺。

——蘇珞，我的世界裡，只有你。

據說世界上最誘人的情話，不在於嘴上說，而是透過眼神。

只有眼神才能傳遞最真切的心意。

這樣的眼神，會讓胸口激蕩起一片片漣漪，從心到指尖都是滾燙的，似要融化。

蘇珞不知道自己此刻的眼神是怎樣。

不知道昊一會看出來嗎？

看出自己也是喜歡他的……

可是，要萬一……蘇珞忍不住想，萬一又是誤會呢？

就像之前以為自己喜歡秦越那樣的誤會。

可僅僅想到或許又是烏龍，心裡就有種說不出的鬱悶。

所以，還是得強迫自己冷靜下來，重啟ＣＰＵ，才能恢復嚴謹的邏輯思考。

這樣想著，蘇珞拿過書包，從裡面找出學校統一分發的iPad。

「你做什麼？」昊一有些好奇。

「寫作業。」蘇珞又從筆袋裡拿出觸控筆，同樣是學校福利。不過蘇珞知道羊毛出在羊身上，貴族高中提供的眾多福利，多半來自高昂的學費。

他也沒錢參加那些開銷巨大的社團，比如馬術、高爾夫球社，唯一參加的就只有可以領到獎學金的「Lara」電腦團隊。

他今天從電腦課上開溜，可是作業還得做，而且還有其他學科的作業。

蘇珞打開班級的雲端儲存空間，下載今天作業的電子文件。學校鼓勵學生用電子設備答題並提交作業，但必須是手寫。

電腦作業太簡單，他留在最後，先調出數學試卷。

在他認真解著不等式時，老闆娘推來擺滿食物的小推車，有用來鋪墊的吸油紙、錫紙，一盤又一盤的蘑菇、青椒、頂級雪花牛肉等等，需要逐一端上桌。

蘇珞忙放下筆，幫著擺放。

「我還是第一次看見能在吃烤肉時寫作業的。」老闆娘稀奇地看著蘇珞，見iPad上排列工整的方程式，便笑道：「是個好孩子呢，字那麼工整，讀書又用心，我女兒也是這樣，可上進了……」

也許見到蘇珞皺起眉頭，老闆娘立刻擺手。「你別誤會。啊，對了，這年糕是我親手做的，本來打算寄給女兒吃，現在想送給你們。」

老闆娘從推車底下端出一方碟，香糯的糖年糕條堆成金字塔，四周還撒著玫瑰花瓣，就很浪漫。

老闆娘離開後，蘇珞不禁道：「這家女兒一定很可愛。」

「是嗎？」昊一看著蘇珞，微微一笑，「那我去認識一下？」

「切！」蘇珞瞪他一眼，「你很閒嗎？」

「嗯？」

「看到沒有，全都是生的。」蘇珞指著那些鋪在碎冰上的牛肉、羊肉片，還有切開的柳葉魚。「趕緊烤吧，我快餓死了。」

「那你呢？」昊一抗議似地抱起胳膊，「就等著吃？」

「我要學習啊。」蘇珞理所當然地拿起筆。「學生的義務就是學習，你們教授沒說過嗎？」

「嗯，也是。好吧，我來烤。」這樣說著，昊一往烤盤鋪上吸油紙，再放一些去腥的蔥蒜，然後一片片地鋪上牛肉。

「挺會的嘛。」蘇珞這樣說著，便當真埋頭刷題。都快九點半了，平常這個時候他已經完成作業，在寫程式了。

「張嘴。」昊一突然說。

「嗯？」蘇珞從最後一道數學題上抬眼，看到遞過來的牛肉，已經蘸上店家的祕製粉料。

「謝謝，我自己來。」蘇珞說著，想去拿筷子。

「我的手好痠啊。」昊一又把筷子往前送了送。「你再不吃就涼了。」

蘇珞看了看周圍，這個時間走了一大批客人，剩下的多半喝醉了，東倒西歪的。

既然如此，他聞著實實在在的烤牛肉香，看著那紅得喜氣的辣椒蘸粉，毫不客氣地上嘴咬下。

「唔。」這肉哪裡會涼，分明是出爐沒多久，特別香。

「好吃嗎？」昊一微笑地看著蘇珞。

「嗯嗯！超棒！」蘇珞滿口流油。外焦裡嫩的烤牛肉既有特製辣椒醬的鮮辣，又有米酒的回甘，和別家烤肉店很重的孜然味不一樣。

果真是祕製的靈魂蘸醬呢，難怪生意那麼好。

當然烤肉的火候也很重要，他衝昊一伸出大大的拇指。

「那這個也……」昊一又用牛肉捲住烤蘑菇，蘸醬料後送到蘇珞面前。

這一回生二回熟的，蘇珞立刻張嘴，一口吞下，他鼓著腮幫子就像倉鼠，兩眼放著光。「嗚嗚，好好吃～！」

這回味道又和剛才的不一樣，蘑菇的鮮甜和牛肉的香氣搭配無雙，還有嚼勁，簡直好吃得停不下來。

「你不吃嗎？」蘇珞問昊一。

「我剛一直有在吃，你點的蔬菜套餐。」昊一笑著說，然後繼續給蘇珞烤一整隻大蝦。

他就知道蘇珞是肉食性的。比起蔬菜更愛吃肉，似乎是Alpha的天性。

「那也給我烤點菜葉子。」蘇珞樂滋滋地說：「包住那個蝦，還要多蘸點醬。」

「沒問題～」

蘇珞一邊吃一邊繼續寫作業，數學寫完換法文，期間甚至都不用抬頭，就能吃到送在嘴邊的，完全合他口味的烤肉。

正在收拾餐檯的老闆娘看到這一幕，不禁笑著感嘆：「這哪是男朋友，根本是二十四孝慈父啊。」

然後老闆娘給他們的帳單打了一個大大的折扣。

二十四孝慈父投餵著蘇珞小吃貨，那份滿足感不言而喻。顯然他已經上癮，而且樂不思蜀。

「不對啊。」突然，蘇珞停下寫作業。

「怎麼了？」

「我全部答對了。」蘇珞翻著各項作業，包括法語、英語試卷，顯得很驚訝。

「答對不好嗎？」昊一不解。

「是不應該，我怎麼可能在ＣＰＵ當機的情況下還全部答對……啊，年糕只剩一條了。」蘇珞本想靠著做題，讓自己的ＣＰＵ恢復運轉，可答題卻是正確的，他正想質疑一下ＣＰＵ是不是選擇性當機，對「為什麼喜歡昊一」的問題故意視而不見。這也太過分，太不不講究職業素養。

可是年糕，那麼香甜軟糯的年糕只剩一條了。

印象裡，他們兩人好像都吃了不少。

蘇珞看向昊一，再看看盤子裡僅此一條的年糕，滿臉堆笑地夾起它。「我不客氣了。」

昊一驀地捉住他的手腕，眉頭一挑。「剛才是你吃得多。」

「我胃口好啊。」

「我的胃口也很好。」

「怎麼，是要和我搶了？」蘇珞也挑起眉頭。

「嗯。」昊一看了看被筷尖用力夾住的年糕，竟還點頭。

靠，反了是吧。蘇珞氣鼓鼓地瞪他一眼。

剛還滿心滿眼的寵溺，沒想到竟在年糕條上翻車，打臉也太快了吧。

（不，我才不管，吃到嘴裡就是勝利！）

蘇珞不管三七二十一，如同掰手腕般，努力把年糕條往嘴裡塞。

說時遲那時快，昊一湊得極近，輕輕咬了年糕一口。

白白嫩嫩的香糯年糕條，被那優美如玫瑰的唇瓣措不及防地「吻」了。

爾後，昊一還意猶未盡似的，抬起如重墨染過的眼睛注視著他。眸光似水，漾著野性的光。

靠靠靠！撩架呢？這是！

蘇珞手一哆嗦，筷子沒夾緊，年糕「啪」地又掉回盤子裡。

昊一慢條斯理地咀嚼著年糕，那雙勾人的眼眸依然盯著蘇珞不放，像一頭狼悠哉地舔舐爪子，看著自己的小獵物在原地打轉，盤算著怎麼下口才更香。

可憐弱小又無辜的蘇珞，「咕咚」咽了下口水。

他突然明白過來，對方一直饞的可不是年糕。

醉人心魂的麝香正旁若無人地縈繞著他。

雖看不見、摸不著，但它密密實實地圈著領地，簡直想把蘇珞的頭髮絲都包裹起來，不讓其他人覬覦。實在過分了。

蘇珞想吐槽昊一的「騷氣」，但他的後腦勺被昊一的手掌給按住。雖只是腦袋被按住，卻讓整個身軀都動彈不得。

蘇珞感覺自己被狼爪按在地上摩擦，馬上要大難臨頭。

然而下一瞬，昊一壓上來的嘴唇，卻是意想不到的溫柔。

帶著年糕香甜的嘴唇輕吮他的唇瓣，爾後舌頭分開齒列，探入口腔，輕緩地、試探般地舔舐他濕濡的舌尖。

「唔……嗯。」

非限定Alpha—— 米洛

一次、兩次……兩人的舌頭第三次觸上時，蘇珞的心臟哐哐地跳，熱得後頸都冒出汗珠。他像被蠱惑似的，也抬起下巴吮上昊一的唇瓣，慢慢含住他的舌尖。

「唔……」

潮濕、火熱、讓人心悸不已的柔軟觸感，和前幾次親吻的感覺似乎相同，又截然不同。

好甜啊，是因為年糕嗎？還是因為昊一嘗起來就是這麼甜？

「唔嗯！」

舌頭突然被激烈翻攪，唇瓣一陣發麻，敏感的後頸性腺被昊一強勁有力的手指按住磨蹭，全身湧起強烈的雞皮疙瘩，爽到像要射。

「嗯嗚！」

蘇珞喉頭害羞地顫動，臉孔火燒般燙，他睜開濕潤的眼，看著昊一那雙格外溫柔又格外火熱的眼睛，在那份異樣的視線纏綿中，思緒卻意外明朗起來。

——想不明白又有什麼關係？

蘇珞突然意識到，這和修正程式裡的ＢＵＧ是同樣情況。

『這段程式裡有七十七個錯誤？』

『是的，我現在修復了一個。』

『那就是還有七十六個要修……』

『不，現在有一百七十七個了。』

『那趕緊改回去啊。』

『我也改了，所以現在ＢＵＧ有兩百九十九個……』

這個在網上被當做笑話來說的哏，可是蘇珞真實遇到過的情況。

有些事，就是修正不了。

再厲害的技術大神，也有跪地祈禱一切順利的時候。

所以喜歡上昊一，有可能是ＢＵＧ，一個自己百思也不得其解的ＢＵＧ。

但有什麼關係呢？又不是不能運行。

ＣＰＵ它其實沒壞，操作系統也從沒有這樣地絲滑過。

它們都在積極運行一個程式，一個顯而易見的程式。

那就是——墜入愛河～♂❤♂～

他，蘇珞，是真的喜歡昊一。

——發自內心喜歡。

※

——CP粉的小劇場——

秦氏兄妹倆看著保鏢回傳的照片，不約而同皺起眉頭。

「是故意的嗎？」秦慧怡問哥哥。

「一張還好說，但張張都這樣，這傢伙的占有欲也太強了吧。」秦越撇嘴。

照片上，腦袋挨得極近的兩人剛好被烤爐上方飛碟型的抽風扇給遮擋，像是打上巨型馬賽克。

至於其他的，昊一總是剛好站在蘇珞邊上，所以照片裡幾乎只拍到昊一的臉。

「不管怎樣，他們的頭靠這麼近，四捨五入就是親了。」秦慧怡不虧是嗑CP的老手，姨母笑道。

秦越笑著點頭，「是這個理。」

一入腐門深似海，從此兄弟拿來嗑。

秦越像打開新世界大門，並有些懊悔，自己真該早點入坑，可惜了錯過這麼多可以嗑的糖點，比如之前昊一去蘇珞家過夜……哎，回頭得仔細問問蘇珞。

※

——可惡，這小子怎麼這麼會親吻啊。

兩人唇瓣分開的剎那，烤肉的香氣，還有一旁食客喧囂拚酒的聲音統統重現，蘇珞臉臊得不行，腦袋裡也是暈乎乎的。他倏地低下頭，用筷子尖戳著盤子裡的年糕。

他這擺明是想假裝剛才無事發生的態度，可是昊一偏偏問道：「你生氣了嗎？」

「啊？」蘇珞抬頭。

「我又吻你了。」昊一說，微微一笑，「大概三十秒。」

「你胡說！」蘇珞的臉已經比桌上的辣椒粉還要紅了。「最、最多五秒！」

「五秒？不對吧。」昊一挨著蘇珞的肩，扳起手指頭算著。「光貼上你的嘴唇就兩秒鐘了，我吮吸你的唇瓣至少三秒，然後是你可愛的牙齒……」

蘇珞感到難以置信地盯著昊一豎著的食指和中指，接著無名指也加入進來，數字來到「四」。

「又摩擦你的舌頭大概五秒……」昊一道：「這還沒算上你親我的時間呢。等等，你想一併算進來嗎？還是分開算？」

「！」蘇珞瞪著昊一，呼吸已然凝滯。

都說喝醉不可怕，可怕的是明天會有人幫你回憶。可昊一更狠，他是當場就幫你找記憶。

蘇珞的嗓子又乾又燥，他不得不抓起邊上的冰可樂，喝上一大口。

冰涼的感覺一直從嗓子眼浸潤到胃部，可是沒什麼用處，身體依然羞臊得發燙，連指尖都是熱的。

因為昊一說得沒錯。

確實是那樣……嘴唇上依然留著被吮吸時的酥麻，腰眼都發顫的那種。

「咕～」蘇珞又咽下一口唾沫，覺得自己現在可能比烤盤上的牛肉還熟，就外焦裡嫩，隨時都能被吃掉。

「那什麼……」

蘇珞決定要反擊，給昊一一拳頭，讓他知道問題的嚴重性。

「嗯？」昊一歪了歪頭。

「你把我撩易感了，是有什麼好處嗎？你是要幫我打針，還是標記？我要是發情了，到底是誰會難堪啊？」

蘇珞的本意是想說，大家都是Alpha，應該知道Alpha一旦易感並且發情，那就是一頭只靠下半身思考的野獸。

什麼場合啊、自制力啊、道德倫理啊，統統不復存在。

任何事情都沒有眼下的「結合」重要，腦袋裡填滿著各種姿態的活塞運動。

以及無休無止似地射精，去標記一個可能根本不認得的Omega。

這種只圍繞著下半身展開的慾求，蘇珞還沒有經歷過，可是書上寫的內容，他背得很熟。

這就像一條條警訓，提醒他按時、按量注射抑制劑，不要做出任何會傷害Omega的事。

他現在也是在提醒昊一，他要是發情了，昊一就該頭疼了。

非限定Alpha——米洛

那會是非常糟糕且不堪的場面。

可是這話一說出口，他就覺得哪裡不對。

那什麼「易感」、「發情」、「標記」等字眼，都太澀澀了吧～簡直上頭。

這讓他的臉比剛才還要熱，而偏偏不銹鋼的烤盤還倒映出他的臉色，當真通紅一片。

「唔……」蘇珞羞得豎起胳膊，擋住自己的臉，覺得自己太丟人了。

卻不知昊一快要被他萌出一臉鼻血。

怎麼會有人在撂狠話的時候，先把自己給撂倒了呢？

真是可愛到犯規。

啊……好想把店裡的人都趕出去，或者乾脆買下這間店好了。

不，這樣不夠，還是直接帶回家吧。藏起來，不讓任何人看到。

這是只屬於他的可愛Alpha。

昊一伸出雙手輕輕握住蘇珞的手腕，修長的手指從腕骨撫摸至手背，握牢他的手。

「又想幹嘛？」遮著的臉手被昊一溫柔地拉開，蘇珞只能頂著一張紅透的臉，看著昊一。

「可以哦。」昊一眼裡的柔情像是初夏的風，涼涼的，撫過那片白色桔梗花，便把那迷人的香氣送入心田。「你要是發情了，我會負責到底。」

※

蘇珞藉口尿急來到洗手間，看著鏡中「紅光滿滿」的面龐，簡直沒法相信自己就那樣逃離餐桌。

心跳得快要炸開，而且下面還……硬了。豈可修。

Alpha在這方面，果然是非常誠實。

只是蘇小弟弟總是被昊一撩得硬起，只得以默背數學公式的方式滅火。

如此反復，就算他受得了，小弟弟也快累死了。

『找外援吧，這事你搞不定的啦。』

裹著紗布，纏著「危險！」警示膠帶的小喇叭，忽然吭氣。

「外援……」蘇珞的眼睛一亮，「對啊，我可是擁有『智庫』的人呢！」

非限定Alpha

——米洛

他拿出手機，滑到「燃燒の髮際線」社群。

這世上存在著各種各樣的社交關係。

有的人，你可能都沒見過幾次面，卻成為無話不談、非常要好的朋友。

這個集合技術宅&中二病&社畜&母胎ＳＯＬＯ&格紋襯衫愛好者於一體的小群體，正是基於這一點，建立起牢不可破的友誼。

「啊，他們聊了好多……」

看著多達一千的訊息，還有特地@自己的，蘇珞點開來看。

『１０２４@小珞：乖寶，脫單了記得告訴姊姊，姊姊給你送花花～』

附帶的圖片，是一捧用保險套紮起來的華麗花束。

蘇珞：「(⊙_⊙)」

蘇珞還是第一次同時見到這麼多個保險套。

『枸杞配咖啡@小珞：都是兄弟，我就直說了，那個A再帥，咱們都不做受。』

『１０２４：等等，做受怎麼了？做受多可愛啊，我就喜歡小０。』

『枸杞配咖啡：開玩笑，我們可是理科生啊，這和獸人永不為奴是同個道理。』

『逍遙子：對的，理科生不可以在下面。』

『只撿綠頭盔：蘇珞小弟弟只能做攻！他做受我心疼，你看看那A的雞雞那麼大，可不得疼死他。』

『枸杞配咖啡：他要敢上小珞，我就飛過去打得他媽都不認得。』

『只撿綠頭盔：帶上我～我們組團去打扁他！』

『1024：直男們，你們難道沒聽過「只有累死的牛，沒有耕壞的田」這句話？信姊姊的，我有小0朋友，只要大猛攻的技術好，那絕對是做受更爽。』

『枸杞配咖啡：那麼，他要是技術不好，我們就飛過去抽死他！』

『只撿綠頭盔：老子囤的AK47，終於能派上用場了！』

『逍遙子：那我拿上我的關公大砍刀……』

蘇珞不禁想像了一下那個場面……有一點點血腥呢。

他又眨巴一下眼睛，忽然想起，他們囤的不都是仿真玩具、動漫周邊嗎？

『1024：你們信我啦！光衝著那照片上的八塊腹肌，小珞他一定是性福的，不信可以問問，@小珞本人嘛。』

然後各種@，都圍繞著攻受H話題展開。

「……不堪入目啊，不堪入目。」蘇珞簡直目瞪口呆，「我都交了什麼朋友！」

蘇珞摁熄螢幕，遊魂似地飄出洗手間，回到原位。

昊一正在看手機，教授發來有關教材的詢問。

蘇珞看著昊一，心中莫名湧起一陣憂傷。「你的技術好嗎？」

「什麼技術？」昊一關掉手機，不是很明白。

「沒什麼，是我傻了。」蘇珞搔了搔腦袋。「一會兒要看電影嗎？」

「可以嗎？」昊一看了下時間。「都快十點了。」蘇珞明早還要上課的。

「十點二十分有一場，看完再回家。」蘇珞點頭。「不算太晚。」

「好，我去結帳。」昊一起身，顯然很高興。「你等我一下。」

「嗯。」蘇珞也很高興，不僅因為美美地飽餐一頓，有人買單，還有就是……

他再次打開手機，在「燃燒の髮際線」群裡@全體人員。

『小珞@全體人員：弟弟我還沒脫單，你們別瞎說。』

『小珞@全體人員：不過也快了～♡』

『逍遙子：(Ω Ⅱ Ω)！』

『１０２４：(Ω Ⅱ Ω)！』

『只撿綠頭盔：(Ω Ⅱ Ω)！』

『枸杞配咖啡：(Ω Ⅱ Ω)！』

很快，這個有著二十一人的群裡刷了滿屏。

『啊啊啊，什麼？是誰對小珞弟弟下的手？』

『就上次那個超帥的、有八塊腹肌的超屌Alpha，小珞有發過照片。』

『再帥再屌我也不同意！小珞是我們大家的，望周知！』

『幹得好！啊哈哈哈，扠腰笑。小珞拿下大猛A，我們程式猿不是單身狗！帥A都是我們的！』

『此人已瘋↑』

這聊天刷新速度，眼睛都跟不上。

蘇珞笑著退出。

這脫單的第一步，首先得告白。

非限定Alpha——米洛

就在看電影的時候，找個時機和他說：「嗯，我也喜歡你，我們交往吧。」

很簡單的，不是嗎？

……會不會太簡單了？

還是得來點儀式感，比如買束花之類……

當然，保險套花束還是不要了～

蘇珞往收銀檯那邊看一眼，發現老闆娘竟然拉著昊一合影。

「又不是愛豆……」蘇珞笑著搖搖頭，收拾iPad、書本，拎上書包。

很好，作業也都完成了。

萬事俱備，只欠告白。

昊一的外套搭在椅背上，蘇珞伸手去拿，卻瞥見口袋那裡露著半截紙，要掉不掉的樣子。

「是什麼？」

看著像照片？

大概是昊一剛才伸手掏手機去結帳，不小心帶出來的。

蘇珞想也沒想就把照片塞回去，倏地，他愣了一下。

他再次把手伸進口袋，把照片拿出來。

撕掉半邊的老照片，漂亮而溫婉的女人坐在公園長椅上，注視著遠處的兒童溜滑梯。

「媽……媽媽？」蘇珞愣在原地，喃喃自語：「這不是媽媽的照片嗎？怎麼會在昊一的衣服裡？」

蘇珞又看向照片中的溜滑梯。雖然有些模糊，但那個穿著小鴨T恤的男孩就是自己沒錯。他六歲的時候，和其他小朋友在溜滑梯上玩超人打怪獸。

「……這是怎麼回事？」

蘇珞捏著照片的指尖因為用力而泛白。這一次「ＣＰＵ」回應得極快，讓他一下就想起在別墅裡時，昊一似乎是想從口袋裡拿什麼東西給他看。

就在他問：「你什麼也沒發現嗎？」之後。

可昊一拿出來的是手機。

「沒錯，他要拿的是手機，才不是這張照片。」蘇珞嘴角擠出一絲笑，對自己道。

可是「ＣＰＵ」很快給出另一番推理。

『如果說，昊一要拿的就是這張照片，而這張照片也是他在別墅裡唯一發現的東西呢？』

胸口像被拳頭重重捶到，心臟一下子抽緊似地發疼。

可是，順著因果邏輯的推演依然沒能停下來，還迫使他用顫抖的聲音，說出顯而易見的結論。

「所以，和昊一爸爸出軌的那個女人，是我的……媽媽？」

※

（爸爸知道嗎？媽媽離家後，在做些什麼……）

蘇珞站在自助電影購票機前，看著溢滿螢幕的戀愛氛圍影片，遲遲沒能選定。

或許選恐怖片更應景一些。

可是，有那種相愛的戀人，結果發現是仇家的恐怖片嗎？

午夜場幾乎是情侶專場，影片九成都是不甜不要錢的那種。

蘇珞拿起手機，想給爸爸發消息，但遲遲沒能輸入一個字。

有時候，他會覺得媽媽像「you know who」，是爸爸再也不想聽到或提到的人。

除非爸爸喝得爛醉，才會念叨起媽媽的漂亮，以及她有多麼絕情。

他還常誇耀媽媽才智過人，說她是天才藥劑師，那些專門機構、Alpha專家都搞不定的抑制劑分析實驗，她可以獨立完成。

一個聰明、漂亮卻很無情的Omega。

為什麼會和昊一爸爸、一位法官在一起？

實在無法理解。

畢竟一個Alpha只能永久標記一個Omega，而昊一爸爸已經有昊一媽媽了。

那麼她只能是見不得光也得不到標記的第三者。

這到底是為什麼？

蘇珞一直以來都以為，媽媽是因為得不到AO之間的永久標記才和爸爸離婚。

基於無法反抗的生理本能，所以選擇分開，這似乎是可以理解。

但原來不是。

腳下的地面在一點一點崩塌……世界並不是他看到的樣子。

（所以，為什麼會變成這樣……等一下，如果不是媽媽呢？或許照片只是碰巧出現在昊一手裡。）

蘇珞阻止自己再想下去。

就在這時，有什麼冰涼的東西貼上他的耳廓，驚得他渾身一跳。

「抱歉。」可能是沒預料到蘇珞是這個反應，左右手各拿著一桶爆米花和一桶冰淇淋的昊一立刻道。

周圍的空氣也瞬間被香甜的奶油爆米花還有草莓冰淇淋所替代。

「沒、沒事。」蘇珞笑了一下，幾乎是脫口而出：「是我太專注選電影。」

「喔，有很精彩的電影嗎？」昊一湊近問，卻意外看見蘇珞亮著的手機螢幕，聯繫人那裡顯示著「老爸」。

蘇珞也注意到了，正要摁熄手機，沒想爸爸那邊就跳出一條消息。

『老爸：下個月的生活費已經轉入，你記得查收。』

附帶一張轉帳憑證。

蘇珞愣一下，立刻回道：『Thanks♪(・ω・)ﾉ爸，您還在加班嗎？』

『老爸：嗯，你好好學習，別到處亂逛。』

有那麼一瞬間，蘇珞以為自己偷偷約會被父親逮到，不過那是沒可能的。

應該是他今天請假，被班導通知家長了吧，要不然，下個月的生活費怎麼早就匯來了。

可是老爸又不會多問，比如：「你不上課，做什麼去了？」「又和誰在一起？」就好像因為他是Alpha，所以不需要詢問一樣。

蘇珞索性自己招了：『爸，我約了朋友看電影，看完就回家。』

「可以這樣說嗎？」沒想到，昊一倒是緊張得脊背都挺直。「你那麼晚回家，叔叔會生氣嗎？」

蘇珞看向昊一回道：「不知道。」

昊一一聽這話，不覺盯著螢幕，明明顯示「已讀」，卻沒有任何回應。

「網路不好？」昊一戳一下手機螢幕，卻意外滑出之前的聊天紀錄。

……年十月六日下午四點四十六分：

『老爸您別老是加班，要注意身體啊。』

『我今天打籃球四比一贏了。』

非限定Alpha——米洛

……年十月十一日下午三點四十六分：

『數學考得還行。』

『法語考試竟然是小組作業。』

……年十月十四日下午八點四十六分：

『法語考試已通過。』

……年十月十六日上午七點四十四分：

『我看到電力公司的搶修新聞，那個戴著藍色工程帽的是您吧，看起來很帥哦。』

『老爸，工作之餘，注意吃飯和休息。』

『放心，我很好。』

都是蘇珞單方面報備，蘇爸爸完全沒回應。

這是得多忙，才能連回兒子一句話的時間都沒有？

透過秦越傳達的訊息，昊一知道蘇珞的爸爸工作很忙，一直在外出差，蘇珞得自己照顧自己，而且從十三歲開始就一個人住了。

可是他沒想過，蘇爸爸會是這樣的態度。

如果不是要給兒子生活費，他可能都不會聯繫吧。

「誰讓你亂戳我的手機。」蘇珞注意到昊一皺起的眉頭，便收回手機道：

「我爸他超忙的，不是出差就是加班，所以才沒空回我。」

「嗯，」昊一微微一笑，「這樣想來，我可以獨占你的時間呢。」

「滾蛋。」蘇珞撇嘴。說真的，在親子關係上，他不認為自己有受什麼委屈，爸爸在吃穿用度上，從未少給他。

他平時也有兼職，所以將來要是上大學，都能自己支付學費。

只是不知道為什麼，有時會覺得很辛苦。

明明身體覺得還行，心裡卻像壓著一塊石頭。

那揮之不去的孤獨感特別沉重。

不被爸爸需要的無助感，並不會因為銀行帳戶裡的餘額增加而消失。

明明媽媽走後，家裡就只剩下爸爸和他，他卻沒能和爸爸生活在一起。

明明這樣孤單，卻也無可奈何，甚至感到火大。

蘇珞從沒想過這樣憋著的火氣，會被昊一的一句話玩笑話給消解。

就像森林裡本來就有陽光，只是葉子太茂密，所以遮擋住了。

可是昊一撥開樹葉，讓陽光透了下來。

「你把叔叔備註為『老爸』，我很好奇我是什麼，是『老公』嗎？」昊一繼續逗著蘇珞。

嗡嗡，手機再次震動。

蘇珞吃驚地盯向手機，一般來說，爸爸是不會回覆自己的。

「果然……」這次也沒有說什麼，又是一張轉帳憑證。

金額不大，但吃頓飯、看場電影、再買點小禮物是沒問題的。

「這是什麼意思，給我錢約會？」蘇珞驚訝地說。

「叔叔大概是想：啊，我兒子也到談戀愛的年紀了，還是給他多匯點錢吧。」昊一配旁白似地說。

「你又知道？」蘇珞臉紅著咕噥。

「嗯，知道，所以還是把我備註成『老公』吧。」昊一趁熱打鐵說道：「畢竟因為我，你才有額外的收入啊。」

蘇珞看著昊一，心嘆：「我爸要是知道我是和你約會，別說給我錢，恐怕會連夜給我辦轉學。」

不過，眼下是不能給昊一看備註的，畢竟那裡寫著：「討人嫌的Ａ」。

誰讓加ＬＩＮＥ的時候，昊一的身分還是「情敵」。

「那你給我的備註又是什麼？」蘇珞轉移話題，「不會真是老公吧？」

「是『討人喜歡的超級無敵可可愛愛大猛Ａ蘇珞』。」昊一認真地說。

「靠！你騙鬼啊！」蘇珞捂住臊紅的耳朵。「這都超出字數了吧。」

「確實，所以我只能縮寫表示了。」昊一笑道：「『我的寶貝』。」

「誒？」

「你的備註是『我的寶貝』。」昊一看著蘇珞，眼裡盛滿寵溺。「因為你是我的寶貝。」

如果……蘇珞同樣看著昊一，他心想，如果說媽媽真的是昊一爸爸的出軌對象，他也不會放棄喜歡昊一。

因為沒有辦法，都已經喜歡上了。

「切，兩Alpha來看情侶專場？太搞笑了。」突然有個粗魯的聲音插進來。

在隔壁的自助購票機前，不知何時來了一對ＡＯ情侶，年紀二十出頭的樣子。

他們在挑選座位的影片，剛好也是蘇珞在選的。

非限定Alpha——米洛

男性Alpha和女性Omega，在外形上總是特別相配，天造地設的俊男美女組合，吸引著路人視線。

可是今天不一樣，周圍的Beta情侶，或是結伴看電影的朋友，都在偷看這兩個Alpha帥哥。

兩Alpha結伴看電影，太罕見了。

也不能確定他們的關係，說是朋友，那種低頭耳語的氛圍很曖昧；說是戀人，又覺得不太可能。

是人都知道，Alpha的屬性有多鋼鐵直。

大概就是好基友吧。

此時，這Alpha像要怒刷自己的存在感，一邊摟著千嬌百媚的女友，一邊說：「我們選後排，情侶專座，那種前面的位置都是給單身狗的。」

蘇珞聽見了，覺得對方的針對簡直像有那大病，不過和Omega談個戀愛，還談出優越感了。

他本不想理睬，可是那人又意有所指地說道：「兩個大男人看什麼愛情片，不嫌噁心嗎？」

而且不知道為什麼，他總覺得那個青年特別針對自己，像天生犯沖一樣。

這並不是蘇珞的錯覺，昊一很早就感知到有一對ＡＯ來了，而且那個Alpha也意識到有同類，還是兩個，一下子就警覺起來。

他從踏入電影院大門開始，那雙賊溜溜的眼睛就沒少往蘇珞身上瞄，似在判斷他的戰鬥力，以及會不會染指他的Omega，如同有被害妄想症。

蘇珞沒能留意到，是因為他有些心不在焉。

不過在昊一眼裡，呆呆的、未能感知到其他Alpha敵意的蘇珞依然很可愛。

原本，他就不用擔心這些，這些麻煩該由老公來解決。

昊一知道，這個不過普通層級的Alpha敢挑釁他們，是因為他有Omega在旁，他們任何的舉動他都可以宣稱是對他的Omega的攻擊。而法律對此極其嚴苛，很有可能他們什麼都沒做，就得去警局喝咖啡。

「你想看這部電影嗎？」昊一問蘇珞。

「嗯，看起來很甜。」蘇珞說，決定忽視那有病的Alpha。

「那我們選這間怎麼樣？」昊一指向最貴的ＶＩＰ觀影室，不光有情侶座，更有那種可以躺平的豪華觀影床。

「嗯～好，就選這種。」蘇珞點頭。

邊上的Alpha見他們這麼大手筆，兩個明明是單身狗的A居然敢上情侶豪華影廳，當即也想改到同一間。

但一看價格，他猶豫了一下，等想下單時，卻發現選不了了。

總共也就四張觀影床，剛才還都空著，一刷新就已經是全部售出的狀態。

因為昊一直接包場了，這是蘇珞沒想到的。

「寶貝你還想吃什麼，我再去買。」昊一的「寶貝」一出口，隔壁的A臉都綠了，像是遭受什麼暴擊。

「不用了。」蘇珞也笑得燦爛，捧過昊一手裡的冰淇淋時，在他耳邊道：「有一說一，我們一人一床，你要是敢上我的床，就死定了。」

「怎麼會呢？我們是看電影啊。」昊一笑得迷人，「又不是打架，對吧？」

※

《晴空之戀》——

『鮑勃，鮑勃你不能死啊～』

巨大的螢幕中，女主角抱著那隻特別乖巧的金毛犬，哭得不能自已。

狗狗年紀大，還有心臟病，顯然回天乏術。

「唔……」蘇珞盤腿坐在柔軟的觀影大床上，使勁吸氣，憋住就要衝出眼眶的淚水。

他本來想的是暫時一個人待會兒，仔細想想有關媽媽照片的事。

可電影太感人了。一個在大城市漂泊的女Beta，在暴雨天救助一隻被遺棄的金毛犬，自己吃醬油拌飯也要救治狗狗，還在寵物醫院重遇大學時期暗戀的學長，由此引發了愛情故事。

從電影一開始，渾身濕透的女主角抱著金毛犬求醫，蘇珞就入戲了。他恨不得爬進螢幕去幫她一把，或者去痛打那個拖欠薪資的可惡老闆。

他沉浸在那種「生活啊，你為什麼那麼難」的氛圍裡，也沉浸在男女主浪漫的眼神對視中，等看到狗狗在去世前最後一次躺在女主人懷裡時，他再也忍受不住地扭頭看向隔壁床上的昊一。

昊一也看著他，兩手溫柔一攤，意思再明確不過：「快過來，我抱抱～」

抱什麼抱！蘇珞不禁瞪著昊一，心想：你根本什麼都不知道，又怎麼能安慰我？

這世界真的太糟糕了，怎麼能在女主角就要與男主角相愛的時候，狗狗就去世了呢？為什麼不能遲一點？又或者，狗狗根本不會死，牠可以活到終老……

蘇珞一動也不動地盯著昊一，看著他展開的雙臂，那憋著的情緒、說不出的難受和壓抑，在這瞬間找到發洩口。

他跳下床，像憨實的金毛犬那樣猛撲向昊一，雙手緊緊一摟那勁瘦且堅實的腰。昊一背靠床頭，因為是觀影床，床頭靠枕特別柔軟舒適，像蓬鬆的雲朵，兩人相擁著陷在裡面，既溫暖又舒適。

「乖，不傷心，鮑勃牠去的是天堂，那裡有專門照顧牠的人，牠可以再次撒歡奔跑，還有吃不完的大雞腿。」就彷彿是劇中的男主角，昊一撫摸著埋首在他肩頭的蘇珞頭髮。

蘇珞嗚咽著說不出話，後背也是一抽一抽的，這讓昊一想給電影打上大大的負五顆星。說好的小甜劇呢？看把他的蘇珞給難受的。

麝香的味道……蘇珞睜開濕透的眼睛，在一片暗暮般的氛圍中，感受到昊一強而有力的信息素。

它就像船錨牢牢地穩住自己，不讓風暴把小艇撕成碎片。

也讓蘇珞回歸現實，雙手不覺攥緊昊一腰間的T恤。

「你看，他們親吻了。」昊一說，哄孩子似的又酥又甜。

蘇珞扭頭一看，還真的是。

借著給狗狗舉辦葬禮的契機，男女主角終於擁吻在一起。

他枕著昊一的手臂，看著透滿深情的螢幕。

音樂也變得浪漫起來，像零點五倍速，所有的一切都被放慢了。

蘇珞又轉頭看向昊一，昊一似沉浸在螢幕中美好的愛情裡，看得專注。

不得不說，蘇珞一直在期待男女主角心意相通的那一刻，那一定特別地甜。

可是明明很想看他們親吻，他卻沒辦法把目光從昊一的側臉上移開，看著粉色、橙色、藍色等不斷變換的光彩倒映在昊一臉上，像童話故事一樣，充滿著不可思議的夢幻感。

都說夢幻就是泡泡的影子，只要一戳就破滅。

蘇珞想去戳昊一的臉蛋，像要確認眼前的一切是否真實。

「還是我的魅力更大吧？」突然，昊一的嘴角往上翹，勾著壞壞的笑。「不然，你怎麼只看我，不看他們呢？」

「看電影要錢，」蘇珞依然目不斜視地盯著昊一，「看你不用。」

「確實，有現成的帥哥可以看，花什麼冤枉錢。」昊一抬手輕撫上蘇珞的耳廓，大拇指摩挲著柔軟的耳垂，含笑調侃：「這位小哥哥，你要不要來點別的服務，一樣白給哦。」

蘇珞抬頭看向昊一，也笑了。「別的什麼服務？」

「什麼都可以。」昊一的拇指拂過蘇珞的臉頰，在他微啟的下唇一撚。「只要你想要，我都給你。」

「那麼帥哥，」蘇珞也很主動地直接跨坐上昊一的大腿，雙手還按住他的肩頭。「你能告訴我，你偷藏在口袋裡的女人是哪來的嗎？」

「女人？」

這話機鋒暗藏，昊一聽著都有些懵。他除了蘇珞就沒喜歡過別的什麼人。要不是蘇珞正騎在他身上，他都能驚跳起身。就彷彿被訛詐、被碰瓷，他是一臉的震驚和無辜。

「你這是什麼表情啊？」蘇珞都有些哭笑不得。「我說的是照片啦。」

「照片……？」昊一仍舊心有餘悸。或許對蘇珞來說，他是開玩笑的，可從昊一的角度來看，如何舉證說明自己沒有別的女人，其實很困難，就好比把胸膛剖開也不能證明心意就是真誠的。

而人的複雜性，註定難以用單一行為或ＴＡＧ去界定，諸如「渣男」、「拜金」等標籤，更像是人云亦云的惰性思維。

可它的殺傷力很大，為免蘇珞對自己產生不必要的誤解，昊一看著他問：「你看到我口袋裡的照片了？」

「嗯。所以她是誰？你們認識多久了？」蘇珞多少顯得有些迫不及待，儘管他努力在保持鎮定。

「蘇珞，」昊一抬手輕捏住他的下巴，「你別誤會，她不是我的情人，她是……」昊一頓了頓，才嘆道：「她就是我父親的外遇對象。」

蘇珞的心咯噔一沉，唯有耳朵裡響著尖利的哨音。

儘管他做過最壞的猜測，可是噩夢成真後，反而有種不現實感。

他眉頭緊皺地看著昊一，彷彿眼前的一切只是夢境。他只是看電影時睡著了，這些都不是真的。

他的媽媽怎麼可能是破壞昊一父母婚姻的小三呢？她是那樣厲害的藥劑師，分析的結論、實驗的數據都是為了造福人類，又怎麼可能做出破壞他人家庭幸福的事？

——又為什麼出軌的對象偏偏是昊一的父親？彷彿天底下的Alpha，只有他可以選擇似的。

這是多麼惡劣的玩笑？蘇珞想大笑，卻連嘴唇都沒法張開。真相像巨大的黑色漩渦，將他猛壓向底部，整個胸膛都撕裂似地疼，根本無法呼吸。

昊一卻誤會蘇珞的沉默無言是在生氣，生氣他故意把照片藏起來，不告訴他。

「其實，我也不知道她到底是誰。她的情報，除了名字和年齡以外都不知道。這樣一個神祕的女人，我怕她會給你帶來危險，所以才沒告訴你。但我一直在調查她，等我確定她的身分……」

昊一正要往下說，蘇珞卻突然捧住他的臉，重重地吻上來。

「蘇……？」

所有的歉意，包括後面還想要說的，有關發現照片的地點，都被那熱情似火的唇瓣給封緘。旲一驚訝地睜著眼，雙手不覺扶住蘇洛繃直的後腰。面對突然興奮起來的蘇珞，他雖然有些困惑，但也理所當然地歡迎。

原本，當蘇珞認真地看電影，且入神地盯著男主角時，旲一就想抱過他，然後狠狠地吻他，把他的嘴巴翻攪到濕透。

他都不知道自己的醋勁原來可以這麼大，大到離譜。

而此刻蘇珞正在他懷裡，兩人的唇瓣緊密貼合，旲一根本不在乎電影院工作人員會看到什麼，直接用舌頭撬開蘇珞的牙，纏住那主動迎來的舌頭，濃烈地吻。

蘇珞的味道很香，旲一不知道用「甜蜜」來形容夠不夠貼切，但真的，蘇珞的味道就像花蜜，一種能立刻激發人的「食欲」，怎麼擷取都嫌不夠的香甜。

舌頭沿著齒列前行，時輕時重地掠過口腔內側的黏膜，像在汲取更多的甜美，那令人微醺的洋甘菊氣息。

作為Alpha來說，蘇珞的信息素太醇和了，缺少暴烈的元素，不像其他Alpha那樣，信息素總透著危險，像在四周拉起「DO NOT CROSS」的警戒線。

非限定Alpha——米洛

每個Alpha不管層級，都是如此這般不好招惹。

可蘇珞他——很是甘甜。

像是微微發酵的洋甘菊酒，當你覺得它度數低而掉以輕心時，身上的欲求就被一點一點地點燃了。

而一旦意識到欲望的熾烈，就會明白到蘇珞有多火熱。

就彷彿他是Omega，對Alpha有著無可抗拒的性吸引力。

只是一個淺嘗即止的吻已經無法滿足，想要的還有性器反復貫穿身體、進行射精和標記。

一旦成結標記了，他就不會有任何遁逃的可能。

咕啾……唇舌濕濕黏黏地交纏在一起，昊一腦海裡的欲念早已亂套，他想不戴套地射在蘇珞體內，想噴濺在他的胸膛、腹部、雙腿……讓他身上每一處角落都沾滿自己的信息素。

就像拉著一條名為「昊一」的警戒線，方圓百里的任何人都無法接近蘇珞。

（你是我的Alpha……）

昊一心裡浮現極致的獨占欲，動作卻很溫柔。他輕輕啃著蘇珞濕潤的下唇，給他換氣的機會。

與此同時，他扶在蘇珞後腰的兩手也滑至下方，牢牢握著兩瓣緊翹的臀瓣，往自己的方向一拉，兩人下肢的距離頓時為負。

「嗯唔！」蘇珞原本跨坐在昊一大腿上，被一下子撈得更前，屁股幾乎壓到昊一的胯骨，同時感覺到有什麼硬硬的東西頂著屁股，坐起來怪不舒服的。

但下一秒，他滿面通紅地意識到自己股縫間壓著的是什麼。

也硬太快了吧……蘇珞後背滾過雞皮疙瘩，不由得咂舌。印象裡他們才親上沒多久，電影的畫面還停留在男女主角身上，背景裡全是他們柔情蜜語的告白。

像催情劑般，讓這邊的溫度也不斷攀升。

而這屁股頂著「弟弟」的坐姿讓蘇珞如坐針氈，他想要拉開一點距離，可是膝蓋沒有力氣。

昊一用舌尖撩他的嘴巴內側，他的下肢也會跟著酥軟發麻。

這讓蘇珞多少有點著急，不過就算屁股坐不穩，他和昊一的吻倒是毫不受影響。

尤其是昊一，他像是身經百戰似的，總能在蘇珞羞澀地想要躲閃時，積極地纏繞上來，舌頭又是摩擦又是纏繞，令蘇珞很快就淪陷。

「嗯……唔……」一番「烈女怕纏郎」的激吻下，蘇珞的大腿就更使不上力了，他只能扭著腰，蹭來蹭去地想找出一個不那麼戳屁屁的坐姿。

可一番動作下來，他的位置沒能移動多少，倒是把昊一的小弟弟蹭得更硬。

又硬又大，像褲襠裡揣著一條蟒蛇。

但蟒蛇是冷血的，昊一的「弟弟」可不是，質地極好的薄款牛仔褲，把這份熾熱原原本本地傳導給蘇珞，他能感覺到那玩意兒已非常想插入，彷彿當褲子不存在一樣，讓他的心跳快得簡直要崩壞。

過分了啊！我還沒怎麼著呢，他就已經這麼浪了！

蘇珞想，自己的弟弟還算安分守己，只是略略升旗而已。

不過相比吻得投入的昊一，蘇珞確實一直在分心。

他感受著昊一唇舌的動作，雖然逐漸加重的吮吸帶來不小的刺激，呼吸也變得更加粗重，但他的腦袋卻異常清醒，彷彿腦袋和身體各自執行著不同的程式指令。

腦袋裡的小喇叭不斷嘶吼著：

『我喜歡昊一，非常喜歡！』

『我和昊一戀愛，和我媽媽的事情沒有關係！』

『我和媽媽是不同的，我們是獨立的個體，她的事情影響不了我。』

『我可以繼續做我想做的事，繼續喜歡昊一。』

『想怎麼喜歡就怎麼喜歡！』

『想怎麼疼愛就怎麼疼愛！』

『——這是我的自由！我的選擇！』

蘇珞忽然揪住昊一的肩頭，將他往後推了推，拉著絲的唇舌終於分離。

昊一的雙手正伸在蘇珞的校服下襬裡，沿著後腰往上撫摸那略凹陷的脊椎一帶，蘇珞突然喊停，讓他以為自己這動作惹惱他了。

這兩隻手頓時老實很多，改為扶著蘇珞的腰。就很乖巧。

「你不難受嗎？」蘇珞依然是鴨子坐地跨在昊一身上，低頭看著他說。

「嗯？」昊一的嗓音透著一種沙糯的甜，就像他剛吃完一罐奶油冰淇淋，連聲音都變甜了。

他們確實吃過冰淇淋，在電影剛放映的時候，只不過現在又在彼此口中交換一次，和著甜味與信息素的津液。

即便電影院裡光線很暗，這感覺也很棒，但在公眾場合與昊一熱吻，依然讓蘇珞羞臊。

這份羞澀像被舌頭攪弄的冰淇淋，甜絲絲地侵入大腦，讓周遭的一切都變得醺然若醉。

「你都磕著我了，你自己不疼？」

蘇珞感覺得到昊一的「弟弟」有多麼熾熱，熱到他的臉頰乃至耳朵後面都在發燙。

蘇珞脫下校服，在昊一不明所以卻十分閃耀的注視中，把校服遮蓋在頭頂。

「是我自己想做的，你不用覺得有負擔。」

這樣說著的蘇珞，改變姿勢，伏低在昊一的雙腿間。不知是不是因為過於緊張，手指有些顫抖，但不妨礙他扯住那泛著金屬光澤的拉鍊，緩緩拉下……

「不用管它。」

昊一的右手立刻覆在蘇珞的手上，阻止他拉下拉鍊。

他的聲音也冷靜至極。

蘇珞心想，真是個狠人，就不怕把「弟弟」給忍廢了嗎？可能頂A的耐受力就是非同一般吧。

這也讓蘇珞越發好奇，這玩意兒打手槍的時候，會是怎樣的情形？總不至於到射精的時候還是這般無所謂吧？

他就像拿到新款掌機的小男生，對上面的每個按鈕都充滿好奇和探索欲。

「你管我怎麼做。」蘇珞否決昊一的否決，態度異常堅定。

「要是被人看見怎麼辦？」昊一無奈又寵溺地看著他。

「我有校服遮著呢。」蘇珞顯擺頂在頭上的校服。敞開的衣襟如同帳篷，遮住不少光線，形成一個隱祕且私人的角落，給他莫大的發揮空間。

「還有放映的工作人員……」

「就當他們不存在吧。」

「……？」昊一看著蘇珞的眼神，彷彿他被人奪舍似的。

「少囉嗦，你老實待著就行，他們又不能透視。」

蘇珞說著，像照看自己的「弟弟」那樣，把拉鍊痛快地一拉到底。

「喔？」眼睛飛快就適應了幽暗的環境，也看到被灰色三角內褲包裹住的性器，猶如盤蟒般蟄伏。

闖入鼻腔的信息素更是濃郁到令人身體發燙，蘇珞的臉孔臊紅著。都說麝香的特殊在於，它清淡時似猛獸，極具野性；濃郁時又彷彿萬樹千花同時盛開，香醇而豐厚，極為性感。

像被它撩到，蘇珞隔著內褲摸上去，真的很熱，像燒熱的烙鐵。

難道是因為光線不足的關係？蘇珞暗暗驚嘆，怎麼感覺比上次見到時更「壯碩」了？這東西還能在短期內二次發育不成？

靠！也太大了吧。

蘇珞不信邪地扒住內褲邊緣扯開，昊一的腰倏地往後挪移，像要躲閃，可他已經是背抵著觀影床的床頭，所以沒能後退多少。只是這羞怯似的反應，很是刺激蘇珞的占有欲，心裡莫名亢奮起來，對著那昂然翹立的肉棒，就是低頭一啄。啾！

「……唔！」昊一的下腹頓時繃緊，肌肉線條猶如雕像般迷人。

蘇珞像嚐到甜頭，立刻伸手握住它。比預想的還要粗碩，燙著手心，也能感覺到指腹下的筋脈在突突跳動，強勁且有力。

昊一是易感了嗎？蘇珞面紅耳熱地想，易感期的Alpha性器是會比平時更大一些。不過，他又覺得沒可能，因為哪有Alpha易感後還能老老實實地坐著不動，早就化身不可理喻的野獸。

所以就只是興奮變大而已，蘇珞試圖用指節測量，他的手指可不短，但都差點圈不攏。

（太可怕了，這麼大要怎麼標記Omega啊？會出人命的吧。）

他下意識想著這件事，還嚥了一下口水。

自從分化後，就一直被教育有關ＡＯ之間的標記事宜，或許出於思維慣性，他總想像到ＡＯ的性事上，心想這樣的尺寸根本是強人所難。

光是握著都這麼大了，用嘴含著會怎麼樣？

這樣好奇著的蘇珞，用手指圈攏住碩大的頂部，依著指尖的定位，張大嘴巴將它含進雙唇間，並努力不讓牙齒碰到。

「唔～嗯。」大約是看不清的關係，唇上的觸覺格外鮮明，像把臉沉進盛滿熱水的浴缸裡，瞬時渾身上下都浸著一層又悶又濕的熱意。

整個人一下子烘熱，鼻尖也開始滲出汗珠。唇瓣慢慢觸到那熾熱的頂端，緊接著是舌尖嚐到那顯然相當陌生的味道。蘇珞感覺既新奇又慌亂，他意識到自己是真的咬了另一個Alpha的「弟弟」。

那略帶苦澀的鹹味裡亦透着麝香的氣息，意外地不讓人反感，反而有種沿著口鼻往腦袋裡鑽的上頭。

「唔嗯……」蘇珞整個腦袋都變得惛然，連帶四肢都開始軟綿軟綿。

彷彿不是他在咬昊一的「弟弟」，而是昊一正含著他，令他的身體變得越發亢奮、越發燥熱。

（就算不討厭，我也不能做得太過火吧……）

原本想著只要含一下「弟弟」就好的蘇珞，卻不由自主地開始舔舐，如同對待珍饈美饌，用舌尖去刮擦龜首上的小孔。

昊一再怎麼穩如老狗，到這會兒也按捺不住地伸手按住蘇珞的頭頂。

蘇珞能感覺到校服在昊一的大手下正在逐漸變形，皺成一團。

嘴裡的東西也跟著跳動，那種填滿口腔的窒嗆感，讓人頭暈目眩得很想爆粗話。

蘇珞想，昊一好像也挺有感覺的，真他媽硬啊。

他伸手觸摸剩下的部分，才發現原以為自己吞入了不少，結果還不到「弟弟」尺寸的三分之一。這也太打擊人了！

然後，他努力撐開下頷，試圖吃得更深一些。

「嗚嗯……」畢竟是初體驗，蘇珞沒吞兩下，下巴就開始發脹。他的舌根被侵入的粗大龜頭壓得動彈不得，別說肆意開舔，連嚥口水都做不到。

綜上所述——H漫都是騙人的！不可實操！

舌頭根本動不了啊，還有口腔也是，整個都處在累到痠脹疼痛的狀態。

他信誓旦旦地想炫技，結果落入超級難堪的境地，讓蘇珞的眼眶灼熱，視線變得更加模糊。

「別硬撐在嘴裡。」昊一忽然伸手托住蘇珞的下巴，他的聲音依舊冷靜，甚至有那麼點上課指導學生的學術口吻。

可神奇的是，蘇珞還真的冷靜了一些，不再慌得想哭。

昊一的手托墊著他的下頷幫他轉了轉腦袋的角度，龜頭離開舌根，頂到他的右邊腮幫子。

「唔……」蘇珞忽然想起昊一幫他口時，也用過臉頰那塊軟肉，特別柔滑嬌嫩，還很有勁，龜頭摩擦時，爽到眼前亮起白光。

他腦中也像有白光一閃，頓時開竅地用腮幫子和舌頭一起，去吸弄肉棒。

「嗯！」

「昊老師」修長的手指在收緊，蘇珞從指尖的力度，還有龜頭突突跳動的頻率，得知這番吮弄效果絕讚。

像是受到莫大的鼓舞，蘇珞半瞇著眼，索性把下巴都擱在昊一厚實的掌心上，藉著他強勁的腕力，一搖一晃地吞吐能夠含進嘴裡的部分。

口不到的就用手，手指握緊後，上下地擼。

這手勢無關Alpha，只要是個男的，都能無師自通，雖簡單粗暴但效果拔群。

「嗯……」

頭頂響著的昊一呼吸聲開始變得粗重，蘇珞的嘴巴裡也多了一絲不同的味道。他不由想，這就是昊一的味道嗎？雖然只是流了一點點出來，但明顯嚐到了。

沒有那麼喜歡，但也不會覺得討厭。

他沒有嚐過精液是什麼味道，但猜想就是眼下這樣，囂張又濃烈，透著雄性的氣息。

或許他應該鬆開嘴，讓昊一痛快地射出來。蘇珞能感覺到昊一一直在忍，大概是不想射在他嘴裡。

「啊哈……」蘇珞往後退了退，唇內立刻多出空餘的空間，讓他得以喘上一口大氣，可是他又馬上情不自禁地咬上去，甚至吞得比剛才更深。

下一秒額頭就被昊一的另一隻手摁住，這深喉似的一吞，顯然觸及昊一的底線，他低啞地道：「夠了。」

夠不夠當然是我說了算！蘇珞挑釁一樣，掀起眼皮白了昊一一眼，心底又忍不住嘲笑自己：「這他媽哪來的流氓，咬著人家的雞雞還不給釋放！」

就彷彿這能坐實他和昊一的關係。

他們就是一對戀人，哪怕還沒有告白，可心意早已通過行為表露無遺。

再不濟，這場電影，那些或許通過夜視監控鏡頭窺視著他們的工作人員，都能為他們證明。

他們的相處如此親密，怎會不是戀人？

不過……

蘇珞又想，他和昊一應該是做不到最後一步。

那玩意兒太大，根本不可能插入。

就算事先做好準備，估計也夠嗆。

大概只能進來嘴巴能含到的部分，其他的……

唉，這麼大全部插入的話，簡直像跨物種的交配，絕對不行！

蘇珞皺了皺眉頭，或許，在考慮媽媽的事情是否會影響兩人前，能不能插入才是大問題。

都說做事不能分心，蘇珞才走神幾秒，後槽牙就咬到昊一的龜頭嫩肉。那可是最敏感的地方，聽到頭頂一聲悶哼，蘇珞慌忙將它吐出來，然而就在龜頭摩擦過上下兩片唇瓣、正要拔出去時，昊一也射了。

那一股濃郁的精液大半都噴進蘇珞張開的嘴裡，舌頭一下變得乳白。

還有不少因為龜頭跳動而噴濺到蘇珞的臉上、頭髮上，甚至拉出綿白的絲線。

蘇珞像個做錯事的孩子，滿臉通紅、渾身發燙地呆愣在那。濃郁的麝香味讓他頭暈目眩，但這不是不好的感受，而是心動。

他居然對昊一的射精心動得不行，簡直像個變態。

「抱歉！」相比蘇珞的呆滯，昊一是急躁地抓起邊上的紙巾——那個買冰淇淋和爆米花時送的紙巾——往蘇珞臉上屠戮。

他擼他的雞雞，他擼他的臉孔，算是一報還一報了。

「你幹什麼啊！」

在臉被擦得脫皮前，蘇珞抓住昊一的手腕，昊一卻又要他拿飲料漱口。

「吞都吞了，漱口也沒用。」蘇珞按住昊一的手，看著他說：「反正沒有下次了，你不用介意。」

有些話很奇怪，明明腦子裡沒想過，卻就這樣脫口而出。

彷彿這才是他一開始打定的主意。

「你在說什麼？」此時螢幕的光線恰好轉暗，昊一那張精緻的臉也隱匿在一片黑幕中，無法窺見他此時的神情。

「你之前不是問我，要不要做你的男朋友？」蘇珞像個提起褲子就跑的渣男，淡定地拿紙巾擦著臉上的濕黏。「答案是，我不要。」

「我不會和你交往。」蘇珞把紙巾揉成一團。「我不喜歡大學生，也不喜歡太強的Alpha。我們之間其實沒有多少共同語言，不是嗎？」

「那你剛才做的是？」螢幕忽明忽暗間，昊一盯著蘇珞。

「算是分手炮……啊不對，我們都沒交往，那麼算是……」蘇珞歪了歪頭，孩子氣地說道：「安慰炮？」

他自始至終都帶著笑，似在說一件有趣的事。

哪怕心裡已經難受得快要死了。

不，是已經死了。

可是，他又能怎麼辦呢？

被昊一懟也好、怨也好，甚至被他揍一頓也好，總比之後真相大白，看他難受要好吧？

和小三的兒子交往，換誰都難以接受。

與其到時候才和昊一說些有的沒的，倒不如現在一斬了之。

「我知道了。」昊一的回答出乎意料地乾脆，並穿好褲子。

「咦？」蘇珞愣了愣。

「蘇珞，你先走吧。」昊一拿起蘇珞披在腦袋上的校服外套，遞給他，趕客的意思很明顯。「我想把電影看完。」

「哦。」蘇珞訕訕地接過校服，沒有穿上，而是緊緊抓在手裡。

昊一輕輕嘆口氣後，調整坐姿，靠回觀影床裡。

他看起來悠哉悠哉的，似乎什麼事也沒有。

反倒蘇珞像個遊魂似地飄下床，草草收拾東西，像分手後被趕出家門的人。

是不是頂A被拒絕後都那麼乾脆啊？

蘇珞走出影廳後，仍然有種頭重腳輕的感覺，心裡像被硬生生剜去一大塊，痛得很不真實。

他不知道的是，他才剛離開影廳，昊一就難受地大喘一口氣，豆大汗滴從劉海滑落。

他強撐著所剩不多的神智，撥通秦越的電話。

秦越：「我說你啊，不好好約會，給我打什麼電話……」

昊一：「我易感了，你帶特效針過來，越快越好。」

電話另一頭，秦越的臉孔瞬間白了。「怎、怎麼回事？你不是能控制自己的易感期嗎？」

昊一兩眼通紅，嗓音喑啞至極。「大概是，我太喜歡他了吧……」

這樣說著的昊一，修長的手指深深抓進床墊，強大的勁道瞬間扯破床單，連底下的海綿墊都爆裂出數道深痕。

「你等著，我就來！你要堅持住啊！」

秦越的吼叫透過電話傳到昊一耳裡，像隔著一個宇宙那麼遙遠……

※

蘇珞沒辦法就這樣從電影院回家，轉身去洗手間。

他想洗把臉冷靜下來。

但還沒推門進去，他就聽到隔壁哺乳室有人在喊：「不要！救命啊！」

女孩子的聲音，特別驚惶。

他二話不說衝進去，只見一名年輕女子被按倒在單人沙發裡，身上的連衣裙已然被撕破，內衣肩帶都斷開。

壓著她的青年一手捂著女孩的嘴，另一手掀開她的裙襬欲行不軌。

「你做什麼？住手！」

蘇珞大聲呵斥的同時，認出竟是那對ＡＯ情侶。在買電影票時，他們挽著胳膊十分親密。

「沒見過情侶吵架？快滾！」男人態度囂張，顯然也認出蘇珞，還挑眉嘚瑟：「這是老子的Omega，老子想標記，你管不著！」說完，男人衝著手底下的女友就是一巴掌。「妳他媽喊什麼，不想幹，跟老子進來幹嘛！」

深夜電影院裡的哺乳室，等同免費的炮房，是小情侶都知道的事。

但蘇珞不知道，也無法想像在這種地方進行標記，這根本就是犯罪！

「嗚嗚～放開我！」挨打的女孩掙扎得更厲害，男人抬手還要揍，蘇珞飛撲過去就是一腳，將他重重踹翻在地。

垃圾桶跟著哐啷撞飛出去，髒尿布、紙巾甩了男人一臉。

「靠！」男人氣得漲紅臉，翻身爬起，把尿布摜地上。

蘇珞瞬間就聞到對方的信息素。是一種刺鼻的機油味，給人暈車般的噁心感。

——他易感了！

這個Alpha竟然在易感期，帶未被標記的Omega出來約會，顯然就是耍流氓，白占人家便宜。

面對暴怒著朝自己揮拳而來的男人，蘇珞一點都不慫。論體格是男人高大些，但論打架，他從來不帶怕的。

他腦袋一斜，避開男人的拳頭，同時提膝一頂，正中男人的左側腰眼。

男人或許是練過什麼拳法，這拳頭擦過蘇珞的臉頰都透著勁風，但蘇珞屬於野蠻生長、自學成材型，他打架沒什麼套路，盡速放倒對方是第一要領。

所以他不怕自己挨到這拳頭，只要能抓住對方暴露軟肋的時機。

男人揮拳後，胳膊下面全是空檔。

「啊啊啊！我的腰！」被擊中的男人痛得躬身，蘇珞正打算揪著他的後衣領，把他扔出哺乳室，然後報警，卻感知到一種截然不同的詭異氛圍。

像是從平地直墜溫泉，砸起的水花讓人頭暈目眩。

眼前的一切都變得白茫茫，唯有溫暖的泉水一點一點地浸沒四肢，連同意志力、思考力一起，全都被軟綿綿地包裹住，緩緩拖進池底。

是……頂級麝香的味道。

好香。

非常香。

香到就這樣沉溺在池底也無所畏懼。

在沒有聞到過真正的麝香信息素之前，每個人都以為，只有Omega才會讓Alpha失智，瘋狂地想要占有和標記。

Omega也確實得天獨厚，天生身嬌體弱易推倒。

別說Alpha見了會被萌到走不動路，Beta也是一樣。

而作為信息素鏈頂端的「麝香」，它的存在似乎只有教人害怕和臣服，哪會覺得被吸引呢？怎麼想都不可能。

可是，在場的兩個Alpha，連同一個Omega，都在這瞬間進入易感、發情期。

就像酗酒嗑藥，完全嗨翻天的雜交派對，認識的、更多的是不認識的男男女女，Alpha、Omega、Beta，赤身裸體地滾到一起。

沒有上限，亦沒有下限，追求的都是最原始的本能。

——性愛的占有與歡愉。

蘇珞從沒有經歷過這樣的場面，只有在新聞上聽過某女星發情，導致現場幾個Alpha易感而大打出手，甚至弄出人命的事。

可那畢竟是Omega，而現在引得大家失控的是卻是Alpha的信息素。

——昊一的信息素！

在強烈的慾火把自己的理智徹底燒毀前，蘇珞滿心滿眼都是想找到昊一。

昊一易感了，信息素還這麼強烈，一定要趕在警報響起前找到他，給他打針，然後藏起他。不論如何，都不能讓防暴警察找到他。

引起這樣嚴重的爆發，昊一是一定會被關起來強制治療的。

蘇珞脊背發涼地鬆開男人的衣領，想跑出去，卻反被男人揪住領口，一把按在牆上，雙腳懸離地面。

原本就易感的男人，又受到昊一信息素的蠱惑，簡直像疊加什麼超神Buff，整個人處在狂暴到兩眼燒紅、腦門青筋暴跳的狀態。

眼下有Omega在，兩A之間的殘酷戰鬥顯然一觸即發。

蘇珞卻因為擔心昊一而沒有徹底喪失理智。儘管他的「弟弟」硬到快要爆炸，疼得他滿頭冷汗。

「滾開！」他抓著男人的腕骨，卻怎麼也掰不開。

男人呼哧呼哧地喘著粗氣，像餓瘋的斑鬣狗，能瞬間咬碎蘇珞的咽喉，然後去標記那已然癱軟在地、神志不清的Omega。

就在男人湊近蘇珞的臉孔時，他突然咧嘴笑了，還伸出紅紅的舌頭，舔向蘇珞白皙的耳根。

這可把蘇珞噁心得用力偏轉腦袋。

「你這小子，很香嘛。」男人更積極地湊過來，嗅著蘇珞白淨又性感的鎖骨。「明明是個Alpha，怎麼會香得勾人。洋甘菊……？唔嗯～不止，還有麝香……」男人嘖嘖地說道：「原來你們是這種關係啊！我說兩個Alpha怎麼會湊一起看情侶場，好變態啊。」

「關你屁事，放開！」

蘇珞用腳踹他，卻像踢在石柱上，男人不痛不癢地笑。

完全陷入發情狀態的男人，身體素質顯然提升不少。

這就是Alpha，只靠下半身行動的怪物。

男人咯咯笑著，笑出恐怖片的效果。「乖乖，別亂動了，老子的肉棒很硬，能爽翻你。」

蘇珞簡直不敢相信自己的耳朵，一個Alpha竟然對著自己求歡，邊上的Omega

見狀都不禁驚叫：「天啊！」

她雖然不想被標記，可現在處於發情狀態，哪怕是臨時標記也好，她急需Alpha來撫慰。

她滿臉急切渴求，卻換來男人的無視。

這場面不僅尷尬至極，還很無解。

「巧了，我的拳頭也很硬。」

趁著男人被Omega吸引走神，蘇珞出拳正中男人的鼻子。

哢嚓，鼻梁應聲而斷。

「嗚啊啊！」男人捂住鼻子慘叫，卻止不住鼻血向外湧。

「我可不是小貓咪，可以隨便摸！」蘇珞哢哢作響地捏了捏拳，打算把男人綁起來，以免他再襲擊人。

雖然他很想救昊一，心急如焚，但得先解決眼下的麻煩。

然而，就在他再次捉住男人的後頸時，哺乳室的門被撞了開來。

那人邁著彷彿從地獄走來的清淺步伐，裹挾著令人不禁打寒顫的信息素，緩緩步入。

蘇珞整個驚呆。

信息素只能被嗅探或感應，人類的肉眼理應無法捕捉，可是就像電影的視覺特效般，蘇珞看得到那縈繞在挺拔身軀周圍的，暗黑與鮮紅相間的信息素。

像具有意識的生命體，縈繞在極具魅力的Alpha身邊。

如海妖賽壬的歌喉，明明很可怕，卻吸引著過往的每一個人。

那個流著鼻血的男人，竟然露出一臉神往的沉醉，張開滿是血汙的手撲向頂級Alpha。

——撲向昊一。

但他被昊一抬腳踹翻在地。

那力道是可怕的，能聽到肋骨斷裂的鈍聲。

男人橫倒在昊一面前，昊一再次抬腳，踩在男人的臉頰上，彷彿踩著一隻蟑螂，並且像要碾碎他般逐漸用力。

鞋底下的男人毫無反手之力，即便惶恐至極，依然做不出任何反抗，只見一口血從嘴裡噗地吐出，噴得地上都是。

「嗚嗚嗚～」

非限定Alpha —— 米洛

——警鈴大作！

就像煙霧警報器，商場、社區等公眾場合同樣安裝有信息素探測器。一旦超出濃度警戒線，警燈和警鈴會驅散人群，防暴警察和特別醫護會出動，還有聞訊趕來的記者。

外面有倉皇失措的跑動聲、大叫聲，電影院的電力被掐斷，唯有紅色警示燈在蘇珞的頭頂一閃一滅，照見地上的男人也是一明一滅。

蘇珞感覺自己的聲音、渾身的血液都凍結了。

他一臉懵呆地看著昊一。他只知道Alpha發情了會很暴力，只想標記Omega，但不知道還有這樣一款的。

就像什麼暴力美學，殺戮王者，決賽圈中最後站著的人。

可怕又迷人，讓人膝蓋發軟，想跪、想親吻他的鞋面。

蘇珞突然明白過來，為什麼自己能看到昊一的信息素。

是大腦對於嗅探到的信息素予以具現化，就如聞到玫瑰香，即使看不見花，腦袋裡也會產生出玫瑰的樣子。

所以，他現在看到的，是大腦對於過於強大的信息素所產生的防禦反應。

類似幻覺，卻又真實存在，提醒自己要趕緊跑。

危機感讓蘇珞變得清醒，他看著昊一無情地從男人身上踩過，那雙清冷的眸子落在Omega身上。

Omega的信息素也濃郁到難以忽視的程度，被頂A標記似是不可避免。

幾乎是孤勇般，蘇珞撲過去，擋在女孩面前。

「昊、昊一，住手！」聲音顫抖得厲害，蘇珞知道自己螳臂擋車，不自量力，可他沒辦法看著女孩就這樣被標記。

被完全不認識的Alpha強行標記，等於毀掉終生。

可是，那因為發情一直虛軟無力的女孩，卻對著蘇珞破口大罵：「混蛋！滾開！別妨礙我們！」

女孩滿面通紅地推著蘇珞，又對昊一發出哀求。

「救救我吧～！」女孩發瘋似地攀附昊一的雙腿。「我想要……我真的好想要你……我不會後悔的！抱我～抱我吧！」

女孩又哭又笑，彷彿嗑藥般亢奮，看得蘇珞倒吸一口涼氣。

AO一旦易感、發情，果然是沒辦法自控的。

昊一低頭看向女孩，把手伸向她甜美的後頸。

是要臨時標記？

這樣或許是件好事。

臨時標記能緩解雙方的衝動。

只是，蘇珞也從未有過這樣的絕望。

原來再怎麼喜歡一個人，也不可能擺脫鐫刻在基因裡的原始欲望。

他眼睜睜看著昊一俯身下去，唇角幾乎貼上女孩的耳朵，接著，他雙唇微啟地說了句什麼話。

女孩愣了一愣，臉色變得蒼白。她還想說什麼，卻被昊一拽起胳膊，推進一旁更衣室，把門關上。

蘇珞困惑地看著這一切，後知後覺地發現，眼下就只剩下他和昊一了。

一個易感的Alpha，和一個受前者的信息素影響，也處在易感的Alpha。

「可能會有點疼。」昊一邊說邊舔了舔尖尖的犬齒。「你忍一忍就好。」

意識到昊一是想要標記自己，蘇珞都想問自己感不感動？

人家頂A都易感成這樣，還記得來標記你，而不是別的Omega，足夠專情了吧？

可是蘇珞卻只想著逃跑，跑得越遠越好。

「是『億』點點疼吧。」想到那尺寸，蘇珞豈止感動，都快哭了。「昊一，這裡不行。」

而且不只是疼的問題，警察要來了。

蘇珞也想和昊一做沒羞沒臊的事，他的弟弟也憋得慌，但更急的是眼下的狀況。要是警察破門而入，見到Alpha在標記另一個Alpha，未來一整年的頭版新聞都會是他倆。

蘇珞沒有一拳打翻頂A的能耐，只能邊說邊退，試圖以理服人。

就在這一剎那，昊一逼近跟前，以肉眼都無法捕捉的速度，瞬移到蘇珞面前，一下擰住他下意識抬起的右臂，反轉後，將他面朝下壓進沙發裡。

「放、放開我！」蘇珞真的慌了，懸殊的力量差距以及濃郁的信息素，都讓他的心跳瞬間飆高。

可是，腕部的肌膚卻因為昊一的撫觸而滾過一陣酥麻的顫慄。

僅僅是指尖撫摸而已，蘇珞就感受到了無法言語的熱意與快感。

非限定Alpha —— 米洛

「不要……」

昊一吐著熱息的唇瓣來到他頸後，蘇珞再次發出哀求。他不想因為一次易感，就這樣被上了。

可是身體很欣喜，這種不聽自己心意的反應，讓蘇珞很無語，也很難過。

昊一決意要咬後頸的樣子，已然撥開那裡的衣領，校服也從肩上被扯脫。

蘇珞忽然明白昊一是想做臨時標記，可他是Alpha啊，就算把他的後頸咬到皮開肉綻，把信息素灌注到腺體，也不會有任何標記或者改變發生。

淚水充斥在眼眶，蘇珞使勁抓著沙發坐墊。或許他該趁此刻給昊一一拳，可是在熾熱的唇瓣覆上後頸肌膚的那一刻，他選擇緊緊地閉上眼睛。

或許會很痛。

但也不會比心裡更痛了吧。

親眼見證兩個Alpha之間的不可能。

（我喜歡你，真的很喜歡你……但是我們之間不可能，永遠都不可能。）

帶著麝香氣息的血腥味，一點一點擴散在鼻間。

頸項上也感受到血液落下的點點熾熱……

可是，預想的皮肉撕裂痛楚卻沒有降臨，蘇珞能感受到的，只有一片溫熱，似款款深情。

他愣了愣，轉頭透過洗手台的鏡子，看到自己的衣領已然血紅，彷彿遭遇吸血鬼啃噬一般。

然而，這些血全是昊一的。

昊一的手覆在蘇珞後頸，而他咬的正是他自己的手背。

就像在說：「我不會勉強你，如果我忍不住，那我會阻止我自己。」

※

午夜十二點，秦越坐在自家直升機裡，頭戴降噪耳機，俯瞰腳下這片位於市中心A區的商業圈。

就彷彿災難片的經典鏡頭。整座城市警鈴大鳴，無數從大廈樓頂或警車射來的高亮探照燈，如同當空交戰的光劍，把他熟悉的繁華夜景割裂成無數塊，晃如白晝。

他看得瞠目結舌。

商圈中心是他家的明星產業——秦皇商貿中心，八十二層樓高。

此時，進出商圈的所有路口都被封禁，好些市民被迫棄車而逃。

交警還逐個檢查是否仍有人留在車內。

相比警戒線外擠擠挨挨、亂作一團的人群，商圈內全副武裝的過千防暴警察、特別救護人員整齊得像在列陣操演。

商貿中心前的噴泉廣場，扛著長槍短炮的記者與保全推推搡搡，爆發著激烈衝突。

A1級的信息素洩漏事故，相當於小型核彈爆炸，記者是無論如何都要進行實況播報的。

情況比想像得更嚴重，秦越的臉徹底綠了。

在接到昊一電話後，他想的是儘快給昊一注射抑制劑，然後在引起別人注意前，將他打包帶走。

而且昊一是能控制自己易感期的，他絕高的A值和精神力可不只是為了破世界紀錄。

可眼下這個情形，顯然是在嘲笑他太過天真。

一個動情的頂級Alpha為吸引自己的Omega——哦不對，是Alpha，自然是信息素瘋狂炸街啊。

「這他媽是Big Bang啊……」秦越默默地戴上氧氣面罩。

能讓超過一百人陷入失智狀態，包括發情、狂暴等行為，就屬於Ａ１級，需要出動防暴警察和醫護，強制關禁閉與治療。

而影響小於五人的屬於Ａ６級，是最微小級別，只要注射抑制劑並居家觀察。

頂級是Ａ０，對完全失控的Alpha，警方可以擊斃。

大廈內安裝有高敏度的信息素感應器，一微克的異樣都能捕捉，而這個數字先跳到Ａ６，然後飆升至Ａ１。

看到手機上傳來的數據報告，秦越忍不住倒吸口氣。

在他出門前，曾向父親保證，絕對不會做出有害集團利益的事。

現在該怎麼辦？

他閉了閉眼後，對飛行員打出向下的手勢。

不管怎樣，先見到昊一和蘇珞再說。

直升機盤旋著準備進場，飛行員很快回報：「少爺，停機坪被占了，我們下不去。」

「什麼？」

大廈頂上的停機坪是秦家專屬「車位」，不該有其他人在。

「是誰？」秦越問這話時，直升機剛好來到停機坪附近，看見探照燈劃過那炫酷的黑金間色機身。

Bell 206L4型直升機，赫然印著「特別法院執法隊」。

停機坪上，還有真槍實彈的法警駐守。

「昊叔……！」秦越震驚，「他怎麼會來……？」

如果說有什麼人可以直接逮昊一進特殊醫院，且終身不得保釋，那就只有昊翰林昊大法官了。

他不只是最高法院的大法官，也是ＡＯ特別法庭的大法官。

他像擁有著「最終解釋權」那般至尊無敵。

秦越一把抓過艙座上的索降設備就往身上套。

「少爺您做什麼？」飛行員見狀立刻道：「我們可備降其他大樓。」

「來不及了！要在人被帶走前攔下來。」秦越摘掉耳機，並隔空畫十字求保佑。

這也是他第一次從直升機上索降，比起會不會摔殘這件事，他更擔心自己會不會成為槍靶。

「聯繫下面。」秦越說完，倒退著縱身一跳。

※

刺目的高陽，空曠的山谷。

壯麗的紅色罌粟漫山遍野，搖曳生姿。

蘇珞的心跳比任何時候都要劇烈，像費了九牛二虎之力，才勉強站在這片極致妖冶的花谷。

呼吸急促，四肢亦沉重得像灌了鉛。

蘇珞從來沒有過這樣的感受。

沒有見到過像昊法官那樣，集合優雅、知性與危險誘惑於一體的男人。

罌粟花本身是沒有毒的，更甚至它都不具備鮮花應有的馥郁香氣。

可是，你要是與它交易的話，它會給予你最毒、最魅惑的果實，以實現你最大的野心。

（這題顯然超綱啊……）

和這樣厲害的人物打交道，顯然超出蘇珞平時的社交範疇。

這是要給「好友列表」強行擴列嗎？

他想著，暗暗深吸一口氣，努力驅散腦中對昊大法官信息素的感知，驅散男人對自己的影響。

可是眼前的事物也沒能清晰多少，就像發高燒似的，視線一陣清晰一陣模糊。

紅色警報燈閃爍，哺乳室內忽明忽暗，更加深這令神經不覺繃緊的氣氛。

昊翰林穿著深灰色的訂製西服，左側胸襟上別著一枚大法官的鉑金胸針。一座天平中間插著一把綴有綠寶石的十字劍，像要斬斷世間任何的不公正。

他淡定自若地站在那，任憑見風就長的「罌粟花」占滿每個角落，那茂盛的根鬚似能鑽進每個人的血管，掌控住一切。

昊法官身邊，還站著一個拿著鋁製低溫箱的男祕書。

門外有荷槍法警，一樣都是Alpha，一樣的高層級。

蘇珞這邊有昊一，這個超A的Alpha，以及兩個趕來幫忙的秦越Beta保鏢。

他們一左一右地架著意識顯然「放空」的昊一，也騰不出手做別的事。

蘇珞感到歉疚地瞅了昊一一眼。

在昊一咬著手背的時候，蘇珞乘其不備，快狠準地把手裡的抑制劑扎進他的後頸性腺。

這相當於給心臟一劑腎上腺素，對越厲害的Alpha衝擊越大。

多半會昏上一陣，可是昊一他沒有，像是進入意識迷離狀態。

他身上的信息素也沒有完全散去，而是一種被半稀釋後的樣子。

不管怎樣，這樣的結果蘇珞已經滿意了，畢竟他攜帶的抑制劑純度與劑量都屬於普通B級，就沒指望能一下放倒頂A。

「你該怎麼辦呢？」昊翰林幽然開口，意味關切。

「咦！」蘇珞吃了一驚，他的嗓音和昊一好像。

看到昊法官的第一眼，還覺得他們父子倆長得不那麼像，可果然是親父子，這自帶低音炮的嗓子，透著能輕易撩動人心的魔力。

不過這還不足以讓蘇珞這般驚訝，他吃驚的在於，昊翰林來到這不到一分鐘，卻已對他的「目的」瞭然於胸。

就像一眼洞穿似的，讓蘇珞第一次感到自己還真是個「孩子」。在大人的面前，玩著小孩的把戲。

「我不可能帶你走。」昊翰林看著幾乎把想法都寫在臉上的蘇珞。「我要的，始終都只有他……我的兒子。」

說到這，昊翰林淺淺一笑，心想這孩子還真敢做啊。

竟然把自己的抑制劑給昊一，然後讓自己的信息素無節制擴散。

這樣的結果就是，他會代替昊一被帶走。

畢竟抓人是要證據的，以危害性來說，處在易感狀態的蘇珞才是最危險的，需要立刻解決。

可是，他也太低估易感了吧，看他難受的樣子，就知道已經忍到極限。

明明只是一個普通層級的Alpha，意志力竟這般頑強，還能站在這與他對峙。

蘇珞就這麼喜歡昊一嗎？我的兒子昊一。

昊翰林眼裡的笑意一點一點地加深，可是，兩個Alpha是沒有未來的。

只有命定的Alpha和Omega，才能保持永久的心靈契合。

其餘皆虛妄。

罌粟花瓣如飛舞的蛾，環繞在蘇珞身邊，撩撥似地扇動翅膀。

感受到昊翰林的挑釁，蘇珞一下握緊拳頭。

他很難受，渾身上下都憋著一股發洩不了的慾望。它折磨著身體，碾碎著理智。

要麼做愛、要麼幹架，總該從中選一項，而不是一頭鑽進死胡同，拚命地尋自己的不開心。

飛進胡同的蛾越來越多，多到形成一雙手，往前捕捉驚慌失措的蘇珞。

「啊！」

胳膊被拽住，力量大到完全無法掙脫，昊翰林大天使般的面孔逐漸顯現。

然而黑雲紅霧間，一頭巨大的、彷彿來自地獄的狼王，挾著充滿野性的麝香氣息，猛撲向飛蛾，將牠們撕得粉碎！

失去重心的蘇珞不覺後仰，瞬時感覺天旋地轉。

非限定Alpha —— 米洛

很快，他的脊背落入一道堅實的臂彎中，充滿安全感的熟悉信息素也喚回他的神志。

「昊一……！」看著那雙已然恢復理智的淺色眼眸，蘇珞頓感委屈似地抓住了昊一的衣領。

昊一看著蘇珞，低頭吻住了他。

「……唔！」

唇舌一經碰觸，便激烈地糾纏到一起，像乾柴烈火般肆意燃燒。

洋甘菊與麝香，美女與野獸的共舞。

濃烈的信息素碰撞，讓在場的人都不覺心跳加速，紛紛轉移視線。

唯有昊翰林一動不動地盯著他們。

「唔……」蘇珞快要喘不過氣，手指深深揪著昊一的衣服，喉嚨發出濕潤的嚶嚀。昊一這才鬆開他的唇，但依然摟在身前。

得到昊一撫慰的蘇珞多多少少冷靜了些，但臉孔變得更紅了，連帶脖頸都染著霞色。

照理說，ＡＡ間的信息素是絕對相斥的，且有強烈的領地意識。

可是蘇珞喜歡昊一，對他的信息素反而感到欣喜。

加上他被昊翰林的信息素壓制——是的，昊翰林剛才那一波騷擾，明確是在捕捉和壓制蘇珞的信息素，但並非出於惡意，而是日行一善似地出手相助。

Alpha之間弱肉強食是常態，遇到十分厲害的Alpha，被打壓的一方會下意識收斂自己的信息素，或冷靜易感期，避免被刀。

這樣的情況只有在一方Alpha是非常強大、不可能匹敵時才會出現。

只要A值相差無幾，不管一方怎麼試圖壓制另一方，只會引來一場惡戰。

而昊翰林的壓制，讓蘇珞多少冷靜了下來，直到昊一搭救。

「你醒得還挺快。」昊翰林看著兒子，優雅如常。「看樣子不用請人架你回去了。」

邊上的祕書見狀，立刻打開低溫箱。裡面放著兩管高濃度的S級抑制劑，就和富豪手腕上的金錶一樣，是奢侈品——且很實用。

一場交易由此展開。

「你可以把針拿給他打。」昊翰林說：「不過，你需要跟我回去一趟。」

蘇珞只是緩解，並未度過易感期，昊一也是一樣。

他們都急需抑制劑，也知道外面一定亂了套。

就像此刻的警報聲明顯降低，可紅燈依然在閃。

「我們父子間，應該會有很多話題可以聊。」昊翰林轉而對蘇珞道：「蘇同學，這次真給你添麻煩了。」

聽似商量的語氣，卻早已安排好一切。

蘇珞看著昊翰林，想到他和媽媽的外遇關係。

就彷彿在取罌粟花的果實。

它可以幫你實現最大的野心，可是，在野心實現的時候，「自我」也將不復存在了吧。

昊一放開蘇珞，往前走了兩步。

蘇珞想抓住他，無奈眼裡全是模糊的重影，撈了兩次都撈空。

但他還是懇切道：「我沒事，昊一，我不需要。」

看著蘇珞熱汗淋漓的樣子，昊一滿眼心疼，他走回去摸了摸蘇珞滾燙的臉頰說：「我知道，所以，我不會拿的。」

昊翰林不著痕跡地皺了一下眉頭，正要說什麼時，昊一對著他道：「父親，這次失控是我不對，我會去醫院做檢查，作為交換，您就這樣安靜地離開吧。」

昊一當然清楚，父親要談心是假，把他送去醫院關禁閉是真。這樣，他就沒辦法繼續調查王依依的事，順便也能名正言順地把他關到司法部長的選舉結束。

「你要怎麼走出這裡？帶著這樣強烈的信息素……」

昊翰林的話還沒說完，有個戴著氧氣面罩的少年闖入進來。

「哎呀不好意思，找不到停車位，來晚了。」

秦越熱情地打著招呼。作為秦皇的少東家，門口的法警倒是沒為難他。

「昊叔叔好！」像是擔心手裡的針劑被打劫走，秦越直奔昊一，拔下針帽，就往昊一的大腿外側猛扎下去。

那勁道狠得連昊一都禁不住地「嘖」了一下。

「還有你。」秦越又拿起第二管針劑，蘇珞慌忙爾康手一伸。「班長！我自己來！我可以的！」

但還是喊慢了，秦越手起針落，蘇珞縮起肩膀，卻沒有經受那份刺痛。

只見昊一眼疾手快地捉住秦越的手腕，拿下他手裡的針，輕手輕腳地替蘇珞扎進胳膊裡。

相比昊一要用一針管五毫升，蘇珞用Ｓ針劑量，只要兩毫升就夠。

跟蚊子咬似的，他一點都感覺不到疼。

秦越看著散發粉紅泡泡的他倆，心想值了。捨命一跳，換來一大口糖，怎麼想怎麼划算。

士為知己者死，他為ＣＰ而亡。這還愁將來婚宴坐不上主桌嗎？

「那就先送蘇同學回家吧。」昊翰林見狀，對身邊的法警示意。

蘇珞看著昊翰林一副「這裡沒你的事了」的樣子，說什麼也不想走。

可昊一道：「不用勞煩，阿越會送他回去，還是我來送送您吧。」

「誒？」蘇珞看向昊一，秦越拉了拉蘇珞的衣襬，示意他放心，昊一不會有事。

「嗯，不用擔心。」昊一也對蘇珞說道：「父親工作這麼忙，兒子送一送是應當的。」

蘇珞這才跟著秦越離開。

昊一看著秦越與蘇珞的身影消失在電梯門後，這才陪同父親去搭直升機。

父子二人就彷彿什麼事也沒發生，和顏悅色地……脣槍舌劍。

「看到你也有叛逆期，還真是讓我感到放心。」昊翰林說。

「大概就是虎父無犬子吧，畢竟父親您也不愛走尋常路，連婚姻也是一樣。」昊的雙手插進外衣口袋。

「太尋常的東西很無趣。」昊翰林全然沒有出軌被抓包的尷尬，還很坦然地說：「人生苦短，遇到有意思的人，總該深入瞭解一下。」

「如果不能誠心誠意地交往，再深入往來得到的也只有心碎。」昊一看向父親說：「還是及早退出的好。」

「我會考慮你的意見。」昊翰林笑了笑，完全是場面話。「但這世上除了命定關係，應該不存在不會心碎的感情了。」

「父親……！」

「你快要法考了吧？」登上直升機的昊翰林突然回頭道：「原本大學畢業就可以參加法考，卻拖到現在，我能理解你想多渠道、多角度地去接觸案件，但既然要法考了，也請好好加油。」

昊一一下明白，公關部應該已經寫好他法考上岸的新聞稿，以為司法部長的選舉活動添磚加瓦。

「祝您一路順風。」昊一道。

直升機呼嘯著升空，昊一轉身去解決剩下的事。

昊翰林看著兒子離去的背影，心想著的卻是蘇珞。

情人的兒子。

兒子的戀人。

昊翰林心想，那孩子知道了呢。

儘管蘇珞因為易感而不舒服，可眼神裡投射著的心痛和憤怒，還是很清晰地傳遞了過來。

連昊一都沒察覺到的事，他卻已經知道了。還隱瞞著昊一，沒有讓他知道。

是為照顧昊一的情緒？還是不想這段感情破裂？

神奇的是，昊翰林竟不討厭蘇珞，哪怕他的眼裡充滿對他的控訴。

從有關蘇珞的情報來看，就知道他是一個聰明、懂事還很善良的孩子。

這樣的人很討喜，因為容易控制。

他在想什麼，又會做什麼，都一目瞭然。

昊翰林凝神自語著：「我兒子是與惡魔共舞的人，怎麼會看上這樣的小天使，不應該啊。」他沉沉嘆著，望向烏雲籠罩的夜空。「他應該和我一樣，待在地獄裡才是……」

「法官大人，特殊病院那邊已經安排好，會給昊一少爺做最全面的檢查。」一旁的祕書接完電話後，彙報道。

「改送去鷺山湖。」

「咦？去、去研究院那邊？」祕書的驚訝溢於言表。

「嗯，那邊檢查效率更高，不是嗎？」

昊翰林笑了笑，祕書卻懷疑他是不是瘋了。

因為鷺山湖研究院正是王依依工作的地方。

但是，看著法官淡然的表情，祕書又覺得瘋了的人是自己，居然會去質疑昊大法官。

不管什麼事，都一直在法官的掌控中不是嗎？

「是的，法官大人。」祕書應聲道：「我這就去通知那邊。」

非限定Alpha——米洛

※

滴滴、滴滴，手機鬧鈴響起。

蘇珞緩緩睜眼，看著透滿晨光的臥室。

有那麼一瞬間，分不清自己身在何處。

攤開微微蜷握的右手，裡面睡著昊一的「小蛇」。

那條盤在他耳廓上的銀色耳飾，此刻在陽光下閃閃發光。

明明是冷血生物，卻分外暖和。

「築巢還真的有用……」還以為昨晚會因為焦慮而死掉。

發出去的消息都沒有回應。

警用直升機、媒體直升機、警笛聲卻響徹整晚。

電視台全方位播報Alpha信息素事故，還提醒大家不要出門，簡直像世界末日一樣。

蘇珞本就因為注射了抑制劑，處在「精疲力竭」的狀態，看到新聞後，心跳更是躥得飛起。

他想不出這事情該怎麼收場？昊一到底會不會被關禁閉？

還後悔不該就這麼回家的。

極度焦慮讓他的呼吸變得越發急促，手腳開始發麻，心跳也超過每分鐘一百三十下，簡直是要心肌梗塞的節奏。

他想著要不要去隔壁老阿姨家借一下「速效救心丸」，就看到昊一忘在這的耳環。

緊捏著它，貼在唇上，深吸一口氣，便嗅探到昊一殘留在上面的信息素。這比什麼藥都管用，還真的把心跳降下來了。

昏昏沉沉地倒在床上，才想睡一會兒，就「看見」昊一被束縛衣捆縛在鐵床上，像被誰遺棄在那似的，全無意識。

『昊一！』

蘇珞心疼地衝過去，想把昊一救出來，可腳下一軟，天旋地轉，再睜眼就發現自己躺在床下的地板上，後腦勺好疼。

……是夢。

可也太逼真了，都能感覺到自己的手摸著質地堅硬的束縛帶。

昊一的手比冰還冷……

心臟突突地跳著，他就這麼翻來覆去地折騰一整晚，結果還是沒能等到昊一的回訊。

秦越在淩晨三點發來消息說，別擔心，昊一去醫院檢查肯定會被收走手機。

可是，真的會沒事嗎？

蘇珞從床上起身，手機推送今日天氣晴朗。

這個十一月，大多是晴朗的日子。

接著便是頭條新聞。

『闢謠：昨夜發生在秦皇商貿中心的Alpha信息素洩漏事故，為警報器失靈所致，集團將對全部警報系統進行升級，確保不會再次發生烏龍事件……對給大眾造成恐慌，十分抱歉……會給予相應賠償。』

「欸？闢謠？」

蘇珞愣住，再滑一下，熱門頭條就已經變為「C市南街民宅失火，致一人死亡」。

但從他剛才看到的新聞內容，絲毫沒有提到有三個Alpha易感，以及一個

Omega發情。

反覆重申只是烏龍事件，以及會追究造謠生事的人。

得到澄清後，各家媒體的目光已轉投「火災致死」事件。

說是一主婦做飯忘記關火，導致事故發生。

主婦中年喪子，非常悲慘。

為避免悲劇再次發生，T市要展開安全使用瓦斯的宣導活動，多個明星、政客也在網路上發表相關言論。

「所以就這樣被掩蓋過去了？」蘇珞給秦越發消息，卻得到「你還沒出門嗎？當心遲到哦」的提醒。

相當的雲淡風輕了，還有萌萌的小貓早安問候表情符號。

地產界的財閥——秦氏家族，蘇珞在轉學來的第一天就知道了。

因為秦越就是那樣自我介紹的，像開玩笑一樣。

「引發全城騷動的事情都能壓下去……彷彿沒有發生過。」

這就是財閥家族的力量？還是昊一爸爸的力量？

這樣魔幻的事是真實發生的嗎？

蘇珞洗漱完，看向鏡中的自己。

面色有點蒼白，但還活著。

這是不是表明，昊一也沒事了？

拿上書包離開家門前，蘇珞不忘檢查一下瓦斯是否關緊了。

他心想，真慘啊，火災……

※

到學校剛好七點一刻，還有五分鐘開始早自習。

蘇珞走在校園裡，心想來得及，便又拿出手機查看簡訊。

但昊一別說回覆，連「已讀」都沒有。

「他還沒拿到手機嗎？」

蘇珞嘆口氣，正要把手機收起來，有什麼東西從頭頂降落，嘩啦一下，蓋了他一頭。

「哇！下面有人！」有人在樓上喊。

蘇珞望著腳邊的紙團、斷掉的修正帶、加倍佳包裝，再抬頭，看到一個倒立的垃圾桶。二樓好像是一年級的美術教室。

大概是快要上課，懶得下樓丟垃圾，選擇就近解決。

誰讓這邊很少有人走呢。

「沒事，他上不來。」蘇珞還沒發話，樓上的一年級囂張道：「他也沒看到我們的臉，不用管他。」

「呵呵。」蘇珞仰頭看著二樓窗台。「一年級啊一年級，還是太嫩了。」

球鞋蹭著水泥地，蘇珞平地起跳，腰裡跟按了彈簧似的，嗖一下躍上二樓窗台。

三個Beta小男生，驚得頓時抱成一團，臉都綠了。「靠！是Alpha！」

「好變態啊！跳這麼高！」

「誰是變態？」蘇珞兩腳踩在不算寬的窗台上，颯得很。「你們怎麼可以這樣倒垃圾？」

陽光是真的晃眼，尤其是通過玻璃折射過來。

他只是遮擋一下那束光，不知怎地就腳下一滑！

非限定Alpha——米洛

「啊！」蘇珞眼疾手快，像扣籃時抓住籃框一樣，右手一把扣住窗框邊緣。

只是校服也被蹭起來，露出腹部，風一吹，涼颼颼的……

「哎呀！」不遠處傳來女生的尖叫。「那誰好危險啊！」

「靠！」蘇珞臉孔漲得通紅，他單手掛在二樓窗台，應該引體向上還是往下跳？

「哇，這腹肌太誘了～」

喀嚓喀嚓，拍照的聲音……

「……」

蘇珞脖子都紅了，眼睛一閉，右手一鬆，二樓而已，落下能站得住。

「啊？」

身體失重後，卻沒有受到水泥地面的任何衝擊，而是落入一片溫暖的臂彎中，像倒入大沙發裡那般穩固。

蘇珞第一個反應就是——昊一！

然而他睜開眼睛，在適應白芒般的陽光後，看到一張帥氣十足卻也陌生的臉。

「欸？」蘇珞愣住了。

是個Alpha，但是這樣近的距離，卻聞不到對方的信息素，以致蘇珞完全沒察覺到這裡還有另一個Alpha在。

不應該啊？

「快看！好帥啊！」

「是蘇珞啊！哇！帥哥公主抱！」

「太殺我了！」

「一大早就這麼激情！哎唷人家受不了了！」說完手機直接進入錄影模式。花壇邊的女生都快樂瘋了。

蘇珞用手肘抵著男人硬邦邦的胸說：「謝謝，能放開我嗎？」

男人看他一眼，鬆開手。

「你是新來的老師嗎？」蘇珞又問。

男人穿著休閒運動裝，像是體育老師，年紀也不大，二十五、六歲的樣子。

所以，連體育老師都開始卷了嗎？要臂力超強的帥哥才可以。

他看著蘇珞，一雙黑眸深得幾不見底，像裡面住著黑夜。

突然，他伸手摘走蘇珞頭上的垃圾，一段白色的修正帶。

「啊。」這個人的動作太快了，蘇珞都沒反應過來，人家手裡就已經捏著修正帶。

然後，他什麼話也不說，直接轉身走掉了。

「怎麼回事？」蘇珞搔了搔後腦勺，相當愕然。

這是做好事不留名？

再抬頭，看到那三個腦袋還擠在窗台看呢。

「喂！快點下來收拾。」蘇珞喊完，一年級男生小雞啄米似地點著頭，不敢造次了。

蘇珞回到教室，看到秦越的臉色比鍋底還黑，心裡狠狠一驚！

還沒來得及問是不是昊一怎麼了，就聽到秦越先哭喪似地嚎上了：「我說蘇寶，你可不能綠了我的兄弟……」

「啊？」

「劈腿是不道德的！」秦越拽著蘇珞的胳膊。「不能人家一抱你，你就移情別戀了。」

「誰移情——」看到同學都在捂嘴笑，蘇珞不得不壓低聲音問：「你胡說什麼呢？」

「你自己看嘛。」秦越給蘇珞看照片。

班級群裡傳瘋了。

被帥哥抱著的蘇珞，兩眼定定地看著對方，還真是偶像劇的經典場景。

「什麼啊！」蘇珞不禁臉紅起來。「我那是看不清才多看了會兒。」

「所以沒有劈腿嗎？」

「我不是，我沒有！」蘇珞嚴肅地澄清：「而且班長你看清楚，我是Alpha，又不是Omega，沒那麼吃香。」

「就Alpha來說，蘇珞你確實在同類中很吃香啊。」

「我哪有？」

「怎麼沒有？我、昊一都很喜歡你不是嗎？」秦越笑著說：「我們可是頂級Alpha，最討厭同類了。」

「……」蘇珞竟反駁不了。

「啊，還有，那個人渣Alpha好像也騷擾你了。」秦越小聲說：「蘇珞你真的很受男Ａ歡迎。」

「他那是易感上頭，瘋了。」蘇珞說到這，拉住秦越的衣袖問：「所以昨晚的Alpha和Omega怎麼樣了？」

「那個人渣Alpha企圖強行標記Omega，少不了在監獄裡蹲一陣子。女生在醫院接受治療，算是逃過一劫。」秦越道：「她和我要你的聯繫方式，被我拒絕了，對Omega還是保持距離來得好。」

「嗯，」蘇珞點點頭，「秦越，這次真的謝謝你。」

「客氣什麼？我是在給我嗑的ＣＰ添磚加瓦。」秦越看著蘇珞問：「你還好吧？」

「欸？」

「昨晚兵荒馬亂的，我沒來得及顧上你。」秦越道：「頂級Alpha易感很可怕，對吧？」

像颱風過境，所到之處皆是破壞。

「還好。」蘇珞道。

「還好？你的臉色這麼差，昨晚就沒睡吧？」

「我是擔心他才睡不好。」

「哎～這是在給我發糖嗎？驚喜來得也太突然了。」秦越笑起來。「蘇珞你不用擔心昊一，他那樣的Ａ值，體檢是必須的，等他拿到手機，自然會聯繫我們。」

是嗎？蘇珞還是很擔心，因為秦越並不知道他其實已經拒絕了昊一，他們這棟ＣＰ房子壓根兒就沒建起來。

蘇珞的心裡很難受。

（我也想和昊一交往啊，可是我該怎麼和他說媽媽的事情……）

（她再壞也是我的媽媽……這樣的事，昊一能理解嗎？）

（我該怎麼辦？）

（我小時候……好像還去過媽媽的研究室。）

（唉，明知道昊一一直想知道媽媽的身分，我卻什麼都沒說。）

（我太差勁了。）

（昊一應該和更好的人在一起。）

……

三心二意地寫著數學題的蘇珞，突然想到那個青年。

他不會是昊法官派來盯梢的吧？

雖然聞不到他的信息素，但總有種他們是「一類人」的第六感。

來者不善？

（因為我是王依依的兒子？）

（還是因為我和昊一走得很近？）

不管哪種，都像在演電影。

陌生的Alpha、盯梢、資本財閥、特權階級，這一切都很魔幻。

看著陽光明朗的教室，伏案答題的同學，更加深了他彷彿生活在平行世界的錯覺。

但是……

只要想到昊一，又覺得這一切都合乎情理。

畢竟他那樣特別，發生在他身上的事情當然也不會普通。

因為昊一而捲入是非的漩渦，甚至生命受到要脅，這些蘇珞都不怕。

他只想著要保護昊一。

保護喜歡的人，哪怕不能在一起。

雖然還是不知道該怎麼和昊一提起媽媽的事，可蘇珞沒法欺騙自己，心裡想的全是——想見他。

想親眼確認他安然無恙。

※

『我的要求很簡單，要他的一雙手，讓他再也碰不了鍵盤。』

二十多歲的帥哥坐在貓咪咖啡店裡，翻著隨身電腦裡的照片。

因為網路詐騙被抓，在監獄裡要蹲三年的富二代，往暗網發布懸賞，要這個叫蘇珞的少年的一雙手。

他接的上一單在隔壁C市，因為距離近，他就接下懸賞，開車過來了。就像網約車司機載客時，捎上一位順道的客人。

這一單毫無難度。

對方雖是個Alpha，但畢竟只是高中生。

「咕嚕、咕嚕。」

一隻超級胖的金吉拉蹭著男人的褲腿，變身撒嬌精。

「真神奇，貓也是看臉營業的嗎？」邊上的店員見狀，吃驚地說道：「卡魯平時可高冷了。」

「就是說啊。」店員們笑看著帥哥。

帥哥便把貓抱到腿上，食指尖來回搔著貓咪的下巴，自言自語道：「好可惜，差一點就拿到錢了。」

要不是他突然掉下來的話。

條件反射讓自己伸出雙臂接住了少年。

特別呆的一張臉，看起來人畜無害。

卻惹到了不該惹的人，才會被重金懸賞。

「再找個時間吧。」男人低頭親了親貓的後腦勺。「好香啊，貓咪的味道。」

※

T市西郊，鷺山湖信息素研究院。

成立於一九三九年，前身是「ＡＯ信息素實驗室」，為公立鷺山湖醫院所有。後獲社會各界人士投資，加上利好的政策，「鷺山湖」成功發展為業界標杆，以及唯一可以開展涉及ＡＯ人體臨床試驗研究的科研機構。

它的實驗室和設備擁有世界最先進的檢測、分析技術，還因為對多種不同濃度、性質抑制劑的研發理論及成果，獲得五次諾貝爾醫學與生物獎。

這樣金字塔尖的科研中心，是不會接手「專案外」的Alpha身體檢查工作，除非對方真的值得研究。

昊一知道研究院一直很「關心」自己身體的各項數據，用垂涎三尺來形容都不過分。

礙於研究院最大的投資方便是自己的母親——烏孫氏醫藥集團現任ＣＥＯ烏孫雅蕊，所以研究院才沒有明目張膽地把他抓來豐富試驗資料庫。

但是做些常規檢測，並被記錄數據不可避免。

昊一分化初期就是在這度過的，然後才轉去特殊病院。

過去那些事不想再提，對於為什麼「做個抽靜脈血、腦部ＣＴ的常規檢查」也要來這，昊一覺得是父親不想被記者拍到。

昊法官的兒子突然出現在特殊病院，萬一走漏風聲，會給選舉造成負面影響。

但他又不能確定兒子是否真的已經恢復，所以還是要做一下檢查。

單就保密工作來說，鷺山湖研究院排第二，沒人敢稱第一。

而且還是妻子財力影響範圍內的研究院，沒有更好的選擇了。

研究院也早已為他的到來，提前進行清場。

此刻，昊一坐在空無一人的大廳，等候檢測報告。時間都彷彿靜止下來。

他低頭看著左手上那超大一團的紗布，軟綿厚實得像拳擊手套。

那是研究院的高級護士幫他包紮時，他盯著人家看，嚇得那個Beta男生一圈圈地使勁纏，把抽屜裡的紗布和膠帶都給用完了。

其實他不記得那護士長什麼樣，也沒在意手被裹成拳套，因為他心裡想的全是蘇珞。

想著他說：「我不會和你交往。」

想要標記他時，他也顯而易見的拒絕。

「現在從法學院退學回高中，還來得及嗎……」昊一自言自語著：「他不喜歡大學生。」

可是太強的Alpha這點，又能怎麼改變？就算變性，他也會是最強的Omega。

不對，蘇珞不是那種無理取鬧的人。

昊一不由得嘆氣，摸住左手「拳套」上的膠布，撕開後一圈圈地解下。

難道是照片的關係？蘇珞看起來很介意。

地板上不覺堆起繃帶，像滾大的雪球。

昊一突然手勢一頓，心想，蘇珞該不會認識王依依吧？譬如有親戚關係之類，所以他才這麼在意。

莫名的，昊一想起秦越說過，蘇珞幾乎不曾提到他的媽媽，大概是單親家庭的關係。

不過偶有一次提到，也能看得出他其實挺想念媽媽。

這世上，就沒有孩子會不想媽媽吧。

——蘇珞的媽媽？

無意識地一用力，紗布扯斷。

昊一回過神，冷靜地把剩下的紗布綁紮好，現在左手終於能自由活動。

望著縫有三針的手背，昊一否定了自己的想法。

（不可能的。）

（不會有這樣離譜的事。）

（蘇珞這麼可愛，怎麼會和那樣的人扯上關係？）

（就算有，他也會告訴我的……）

（畢竟他是他，他媽媽是他媽媽，他不會不知道。）

（我在想什麼亂七八糟的東西……）

昊一阻止自己想下去，拿出口袋裡的手機。

之前因為要做檢查，一直是關機狀態。

他一開機，就有電話打來，是李瑋。

還有好幾條蘇珞發來的消息提醒。

他早把蘇珞設為「特別關注」。

看著一連串的消息提醒，透著滿滿的在意，昊一不禁笑了一下，但先接起李瑋的電話。

「昊一！你不會相信我查到了什麼。」

那過於激動的語氣，讓昊一不禁反問：「嗯？」

「你昨晚不是發給我一張照片？那女人在公園的。」

昊一這才想起，在電影院時，買冰淇淋和爆米花的間隙，他把照片拍下來，發給李瑋去調查。

大概是太興奮了，長久的調查終於有了切實的結果，電話那頭的李瑋滔滔不絕。

「我看到照片是公園的背景，就去圖書館找了那些公園、園林的圖書。我知道這太大海撈針了，有可能那座公園已經拆了，又或許根本不是公園，而是什麼住宅區裡的兒童遊樂場……」

昊一聽著聽著，忽然抬起頭來。

大片白色渲染的寬闊大廳盡頭，站著一個身穿實驗室白袍、手裡拿著紅色文件夾的女人。

未被標記的Omega，帶著香橙般的甜美信息素。哪怕隔開這麼遠，都能輕易地嗅探到。

大約也是介意昊一這樣的頂級Alpha，Omega並沒有直接走來，而是站在那邊觀察。

「看我找了一通宵，圖書館的管理員就幫我一起找，沒想到，管理員以前就住在照片裡的公園附近，還對王依依很有印象，說她有個很可愛的兒子，還有個很寵她的Beta丈夫。我正要問個詳細，沒想到他直接告訴我，王女士現在也是他們圖書館的ＶＩＰ。」電話那頭頓了頓，像浮潛結束般地喘了一大口氣。「她是鷺山湖信息素研究院的高級藥劑師，還是好幾個專案的主管，名頭可大了……」

而李瑋口中的王依依，此刻正慢慢地朝昊一走來。

「知道了，再聯繫。」昊一掛斷電話，纏著紗布的手握著手機。

女人的步伐輕盈優雅，絲毫沒有見到一個頂級Alpha的驚慌失措。

更甚至，她顯出女主人的姿態，彷彿這裡是獨屬於她的王國。

（怎麼敢……）

手機螢幕在手指握緊下裂了，昊一的眼睛微微瞇起，一動不動地盯著這個比照片裡更成熟也更美麗的女子。

她看起來那樣無辜，彷彿任何對她的攻擊，都只是黑子的汙蔑。

（他們怎麼敢……在母親費心投資的機構裡，保持著婚外情……）

一思及此，昊一的拳頭不禁捏得更緊，縫合沒多久的傷口再次裂開，血滲透了紗布。

女人垂下濃密的睫毛，瞥一眼昊一的左手，很快移開視線，公事公辦似地把手裡的報告書遞過來。

「你的體檢結果，各項指標都正常，我們已經簽字確認，你可以離開了。」

「原來藥劑師還負責送報告。」昊一接過來，不鹹不淡地說：「長見識了。」

女人笑了笑，有那麼一瞬間，有點像蘇珞，是那種可愛的甜笑。

畢竟是母子。

哪怕隔著Alpha和Omega的性別差，五官上依然有著基因的印刻。

「確實，我是被安排來見你的。」女人抬頭道：「但你別誤會，我從來不怕被你找到，就像我從來不怕愛上昊翰林。」

「什麼？」

「你是Alpha，應該知道命定的戀愛是無法抗拒的。」女人繼續道：「我不想與任何人為敵，只想走我選擇的路。」

「呵，既然無法抗拒，又怎麼會是妳的選擇？」

昊一對這樣冠冕堂皇的說辭完全不信。

只是自私加任性而已。

「你太小，還不懂。」女人輕輕一撩耳邊的碎髮。「沒人可以懂我們，也不指望你們能懂。」

說完這話，女人便轉身離去。

「妳就沒有家人、沒有孩子嗎？」昊一突然問道：「不怕他們因為妳而受到傷害嗎？」

女人邁出去的腳步頓了頓，然後雙手插入白袍口袋，以清脆的聲音回道：「我原本就是孤兒，以前沒有父母，現在也不會有家人，包括孩子。只要我愛的人在我身邊就夠了。」

她的態度竟如此「坦然」，或者說，這就是身為父母的「特權」嗎？

他們擁有生下孩子的權力，也可以隨時拋棄他們。

每個孩子擁有怎樣的父母，從來不是孩子能決定的。只要遇到不負責任的父母，這些不幸的孩子只能不斷被傷害，得用一生去治癒童年的傷痕。

「我會守住的！」面對逐漸遠去的窈窕身影，昊一鏗鏘有力地說：「我會守住那些被妳無視、拋棄的人，不會讓妳傷害他們。」

女人似乎不能理解昊一說的話，可能認為昊一瘋了。

她都已經拋開的東西，他又要怎麼去守護？年輕的Alpha果然很狂妄。

她嗤之以鼻，更快地離開了。

血不知什麼時候沿著指尖滴落在地，連拿著的文件夾也沾上了。

原本混沌的世界，似乎變得更加混沌。

※

下午一點，正在安排下週班級值日表的秦越終於接到昊一的電話。他當即欣喜地想找蘇珞，卻被昊一制止。

「我要參加司法考試。」電話那頭說。

「我知道啊，之前就聽你提過。」

這時，蘇珞走進教室。他剛才去幫老師搬教具了，看到秦越在打電話，便立刻盯過來。

秦越只能笑著搖搖頭，意思不是昊一打來的。

蘇珞立刻就蔫了，彷彿能看到他腦袋上蓬鬆的狗耳朵栽倒下去。

也太委屈孩子了。

「你在搞什麼啊？」秦越忍不住敲打昊一。「小心老婆跑了，到時候都沒地方哭。」

「我想給他一點時間。」昊一低聲說。

然後就把電話掛了。

「什麼鬼？是你要考試，幹嘛給蘇珞時間？」秦越越聽越糊塗。

「昊一還沒拿到手機嗎？」蘇珞走過來問秦越。

「蘇珞，你喜歡昊一嗎？」秦越直截了當地問他。

「咦？」這靈魂拷問，瞬間讓蘇珞臉孔通紅，結結巴巴道：「就、就還好吧。」

「這個『還好』是喜歡他哪裡？」秦越笑咪咪地抛出第二個拷問。

「就……挺帥的，成績好，運動好，心地也好。」

「這叫『還好』？我都不會這樣誇他。」秦越誇張地道：「在我看來，昊一他囂張得很。」

「班長你以前不是那樣說的，你還老在我面前安利他。」蘇珞立刻道：「做人不可以這樣前後不一致。」

「那你為什麼不直接打電話給他，非讓我去聯繫昊一？」秦越道：「口是心非。」

「我是因為……」

「因為什麼？」

「班長，如果……我是說如果你發現你喜歡的人，是和你有仇的，你會怎麼辦？」

「那不可能。」

「怎麼不可能？世界上狗血的事情那麼多。」蘇珞搬出看到的新聞。「不是還有網戀遇到自家哥哥的事。」

「看不出你挺八卦的。」秦越感到意外，卻不知是蘇珞苦惱後，去網上搜來的結果。

沒想那種陰差陽錯的戀愛還真不少，而且重點在於——都沒好結果。

「如果是我喜歡的人，就不會成為仇人。」秦越道：「因為我喜歡他啊。喜歡這種事，如果不是發自內心的話，就沒有任何意義。而既然是發自內心的喜歡，又怎麼會討厭對方？」秦越拍了拍蘇珞的肩膀，繼續道：「雖然不知道你遇到怎樣的事情，但還是跟著你的心走吧，至少將來不會後悔，不是嗎？」

「不不不，不是我的事~都是網上說的。」雖然苦哈哈的表情已經出賣內心，蘇珞還是堅稱「事不關己」。

上課鈴響起，物理老師讓眾人安靜。

蘇珞看著翻開的課本心想，跟隨心走，就是說要遠離昊一嗎？

遠離他，不讓他為自己苦惱。

「嗯，就那樣做吧。」蘇珞抬頭看著黑板，「我可以做到的。」

三分鐘後，看著位移速度公式的蘇珞，忽然想起自己大膽的舉止：趴在昊一的大腿上，口他的……

一口氣差點沒提上來。

啊啊啊啊，果然好羞恥！

做的時候是很勇，回過味來，簡直是要羞死了！

蘇珞的臉瞬間紅透，他抱著腦袋就是一頓猛搓。

「我講的課這麼難懂嗎？」物理老師當即點名：「那誰，蘇珞，在那抓耳撓腮的，你上來，給我指指哪裡聽不懂？我都說十遍了。」

「噫！」蘇珞窒息了，但在物理老師「和善」的注視下，他不得不去講台上站著聽課。

「蘇珞連耳朵都紅了。」

「好可愛，是怎麼回事？」

女生們都笑了，秦越笑咪咪地偷偷拍下，發給昊一。

『看看，你老婆被罰站了。』

昊一坐在跑車內，看著那張羞澀感拉滿的照片，不禁眉頭輕挑。

然後長按，保存了下來。

※

眨眼過去一週，蘇珞依然沒等來昊一的回應。

他彷彿是那「失蹤人口」。

「阿西吧。」他左手支著下頜，右手瘋狂轉著Apple Pencil。

為什麼他在乎的人，都有那種「神隱」的屬性？

不管是離開家後，再也沒出現過的媽媽，還是總在不同地方出差的爸爸，以及就那樣消失在自己視野裡的昊一。

啪！觸控筆掉在iPad上，清脆得像是心臟崩裂。

蘇珞支起垮塌的上半身，對右手邊的同桌秦大班長道：「我可以借用下你的手機嗎？我手機沒電了。」

「可以哦。」

快到十一月底，身為學生會會長的秦越，得為年底各種節日活動做準備，蘇珞還幫他寫了專門的程式，用以整理數據。

而早自習就是秦越忙於學生會報表的加班時間。

拿到已經解鎖的手機，蘇珞戳向秦越的SNS，連一些冷門的社交APP都沒放過。他想找找看昊一是否真的除了LINE以外，就沒有別的聯繫方式？

最初和昊一失聯時，蘇珞第一反應就是去社交平台上找人，畢竟當代年輕人的社交圈全在網路上。

如果足夠有耐心的話，你可以對他喜歡吃什麼、不喜歡吃什麼、愛看什麼電影，甚至談過幾次戀愛又怎麼分手，都「看得」一清二楚，更別說只是近期的動態。

可是，蘇珞突然意識到自己並不知道昊一其他的網路帳號。

他對於昊一是網路紅人、很愛發SNS的印象，根本是一種誤解。

所有他看到的有關昊一的曬照、消息，全都出自一人——秦越之手，他太喜歡秀昊一了。

以至於蘇珞把這些照片、影片都誤會為是昊一自己發的。

可最近這段時間，秦越忙於學生會的事，都沒再提到昊一，也無視了那些嗷嗷待哺的昊粉們，甚至他的帳號都開始掉粉了。

「昊一他怎麼都不發SNS？」蘇珞還是沒忍住問秦越。

秦越笑了。「就算今天第一堂課是電腦課，你的主場，你也不能這麼浪吧？竟拿我的手機查老公的動向。」

「我才沒有！」蘇珞的臉一下紅了。「我只是好奇，你說他已經沒事了、回歸日常了，為什麼手機一直是關機狀態？」

「啊！」秦越想起什麼似地說：「這週他在忙司法考試，有二十門課呢！想想都頭禿，等考完了，他應該會開機吧。」

「司法考試？」

這蘇珞倒沒有想到。對了，法學院的內部論壇，他怎麼愣是沒想到去那裡看看？果然戀愛使人降智。

秦越看著蘇珞飛快掏出自己那電量滿格的手機，登錄法學院的內部論壇，不禁笑著搖搖頭。

該拿小可憐蘇珞怎麼辦？他像迷路的小狗，在那急得打轉。

昊一太壞了，竟晾著他。

不過在從昊一那裡知道緣由後，秦越也不得不感慨這件事太狗血。

這已經超出他能干涉的範疇，只能交由他們自己去解決，只是蘇珞這麼直腦筋，昊一要是玩脫了，就有戲看了。

秦越起身，去辦公室交剛整理完的報表。

蘇珞都沒留意到秦越的離開，因為他整個驚呆掉了。

原本論壇裡一大半都是昊一相關討論帖，跟粉絲後援站一樣，而且頭像都是「昊一連連看」。

但現在熱榜竟全是司法考試，而且昊一的頭像都不見了，取而代之是整齊的、喪氣滿滿的表情圖。簡直是「喪能量」的文化節。

蘇珞戳進一個將近兩千層高的討論樓，看了將近一刻鐘，才明白是怎麼回事。

司法考試分為兩批進行，昊一是第一批，已經考完了。

有人偷偷放了昊一在晨曦籠罩的考場托腮閱卷的照片，真君子如玉，世無其二。都在說昊神美爆了，各種花式舔屏。

後來不知有誰說，考題很難嗎？怎麼覺得男神皺眉了？於是畫風開始突變。

第二批待考的同學都擔心起考題難道真的很難嗎？

接著，有人放出昊一拿著准考證去刷學校考勤機的抓拍，不僅如此，他的論壇頭像突然從一朵雲變成一團黑，顯然是烏雲罩頂。

讓原本覺得「考題不算太難」的第一批考生跟著抓狂。

連十拿十穩的學神都考愣掉，說明題目不如想像得那麼簡單，或許都是似是而非的陷阱題。

於是所有人都在翻書，學弟學妹還幫學長學姊們一起研究試題答案。

論壇裡堪比末世降臨，這些平時卷慣了的法學系高材生，都緊跟昊神把頭像掛上烏漆抹黑的東西，預示「The winter is coming」。

——難道昊一身體還是不舒服，所以沒考好嗎？

想到這裡，蘇珞便擔心得坐不住，可是他才因曠課被學校通知家長，再一次的話，可能會被記過。

蘇珞揉搓著午睡時用的抱枕，靈光一閃，好像知道該怎麼做了。

秦越回來時，發現蘇珞趴在那，才想說「老師要來了」，就察覺出端倪。

校服底下哪裡是蘇珞，而是一只賤賤的狗頭。

「……是當我瞎，還是老師瞎>_>。」

秦越不失禮貌地笑笑，低頭就在班級考勤日誌上，愉快地寫上：「蘇珞病假。」

他還沒寫完，電腦老師邁著二五八萬的步伐來了。難得撈到早晨第一堂課，他很是得意。

然而，Lara戰隊的團魂——蘇珞他又不在。

只見老師盯著那只狗頭看了半晌，給蘇珞發去一條語音。

「臭小子！你就算要請假，也不能光盯著我的課逃啊！換個老師不行嗎？」

※

蘇珞知道政法大學是享譽盛名的古典名校，校內全是哥德風格的建築，宛如來到耶魯。

但他不知道的是，校園近三十年都在擴建，分出舊校區和新校區兩大區域，以囊括「刑事司法、AO法學、外語（法律向）、金融經濟」等十七所學院、二十七個科系。

非限定Alpha——米洛

最難的當屬ＡＯ法學，自古以來，Alpha和Omega作為人類強弱最為懸殊的兩種性別，從來不缺燒腦案例。

比如到底是Alpha影響了Omega，還是Omega影響了Alpha？

就和先生雞或先生蛋般沒完沒了。

而且該學院的學生大多是Alpha，極少數Beta，Omega屈指可數。

又都是精力旺盛的年輕人，所以ＡＯ法學院的保全尤為嚴格，和其他可以串門的學院不同，生人勿近。

這可難壞了蘇珞，他望著像是羅浮宮金字塔一樣的玻璃大門，愣是不得而入。

忽然，有個燙著波浪捲的漂亮女生笑嘻嘻地衝到蘇珞面前。

「同學，能幫我簽個字嗎？是有關露天ＬＧＢＴ電影節……」

女生遞過來一張海報。不得不說大學的活動可比高中豐富多了，蘇珞在找到這裡前，不知道遇到多少個前來打招呼，要求支持連署或者招攬義工的社團。

從常見的美術、音樂、啦啦隊，到一些蘇珞看不明白的社團，大家都玩得很開心的樣子。

在一眼望不到盡頭的草坪上，隨處可見正在翻書和寫東西的大學生。

這裡看起來並不像論壇上那麼瘋狂，彷彿人人都是昊一的腦殘粉，就挺正常的氛圍。

「那妳能幫我一個忙嗎？」蘇珞問：「我想進去找個人，他是Alpha……」

「昊一學長嗎？」沒想女生很快嚴肅道：「不行哦。你要是想見他的話，我建議你等到十二點的午餐時間，運氣好的話，能碰見他在A區用餐。」

「咦？」蘇珞愣住，「妳怎麼知道我要找誰？」

「會在ＡＯ法學院門口徘徊，基本上不是來偷看昊學長的，就是想給他送禮的。」

「送……什麼禮？」

「什麼都有，豪車名錶、金銀首飾、奢牌包包，最常見的是手工巧克力、咖啡、各種精緻便當，數不勝數。」

蘇珞已然聽傻，他以為論壇上那些說要送訂製跑車、遊艇給昊一的富二代，只是說笑的。

「不過學長他從來不收禮，不管誰送都一樣。」女生伸出手說：「我叫戴雨菲，昊神後援站外語系分站長。相逢即是緣，加入我們，可以第一時間掌握我昊神的動態。」

「不是，」蘇珞歪了歪頭，「我怎麼覺得有一點……」

「誇張嗎？」戴雨菲燦然一笑，「看來你不是我們學校的人呢。」

「嗯，我還在念高中……」

「哇，那你長得好高啊。」戴雨菲驚訝問：「Alpha？」

「嗯。」蘇珞老實地點頭。

「作為Alpha，你長得好乖巧喔。」戴雨菲道：「能激發姊姊我的保護欲。」

「……」

蘇珞越發覺得自己被奇怪的人纏上了，剛想開溜，戴雨菲突然指著那邊的一排松樹喊：「快看，是昊一學長！」

那邊根本就沒有昊一，蘇珞正感到不解，只見那些原本在草地上溜平衡車的、打球的、寫小組作業的，竟然整齊劃一地抬頭，還有人站起來看向戴雨菲呼喊的方向。

「哪裡？我怎麼沒看到啊？」

「誰在亂喊？」

「討厭，我手機都拿出來了！」

我靠！這熟悉的配方、熟悉的味道，可不就是論壇現場版嗎？

「怎樣，你還覺得誇張嗎？」戴雨菲得意地挑眉。

「姊姊，我以後就跟妳混了。」蘇珞立刻道：「我要加群！」

「哇！是昊一啊！」這尖叫雞般的一嗓子，彷彿在機場遇到喜愛的巨星。

蘇珞正當又是玩笑，沒想到還真的是本尊。

而且昊一穿的是正兒八經的白襯衫、黑西裝褲。

不是說他平時穿著不正經，只是如偶像一樣我行我素的潮。又潮又拽，讓人牙癢癢。

此時，白襯衫袖口挽起至肘部，流暢的臂肘肌肉線延伸至腕骨，透著遒勁的力道，就很Man很Sexy。

連左手上纏著的紗布，都透著一種戰損Play的誘惑。

更別說那條貼臀的西裝褲，多看一眼，都覺得是褻瀆偶像。

「啊啊啊啊！學長也太騷氣了吧！我要控制不住發情期了！」

非限定Alpha——米洛

「騷的是妳，學長那是禁欲系。」

「昊神這大長腿，隨便走兩步都是炸街。」

「太羨慕了這身材！」

「為什麼我穿白襯衫西裝褲是『土狗』，學長就是霸總……」

「人家是頂級Alpha，請問你是嗎？」

周圍的議論嗡嗡地響，蘇珞的心臟怦怦地跳，像揣著一隻不安分的小鹿。

直到這一刻，他才意識到自己有多想昊一。

一個星期的時間，每一天裡都想著他，連夢裡也都是他。

可真見到了，卻又再一次地認為「昊一他值得更好的」。

「——我看只有御姐型的Omega，才配得起我昊神。」

不知誰說了這麼一句，直戳向蘇珞的心窩。

「難道不是小鳥依人型的Omega嗎？」

「不管哪種，肯定是富家千金啦。昊學長家可是醫藥世家，他爸爸還是大法官。」

「沒錯，一般人根本搆不上他家門檻，但不影響我們ＹＹ嘛！」

蘇珞捂著插滿刀子的小心臟，聽腦袋裡的小喇叭嘶嘶地說：『看吧，大家都是那樣想的。』

「對了，學長今天要上課的。」戴雨菲看得一臉姨母笑，又道：「不過他怎麼會這個點出現在這裡？」

蘇珞沒聽見戴雨菲在說什麼，只知道昊一朝這邊看過來了。就跟做賊似的，蘇珞一個母雞蹲，就地躲到人堆裡。

「同學你真是好運……」戴雨菲直勾勾地望著昊一的方向，感嘆道：「竟還真被你看到昊學長了。」

昊一似乎已經習慣大家對他的「特別關注」，視線掃視過人群後就走去教學樓了。

戴雨菲戀戀不捨地收回目光，才發現這個高中生Alpha竟抱頭蹲在地上，不禁問：「你做什麼呢？」

「我也不知道。」蘇珞喪氣地回答。

自己明明是來找昊一的，可心裡就是緊張到發慌，彷彿昊一能吃了他一樣。

蘇珞想，自己倒是想被他吃了，就不會像隻沒頭蒼蠅，在這裡瞎轉。

非限定Alpha——米洛

不過，見他精神這樣好，也不算白跑一趟，終於可以放心了。

所以……昊一不回簡訊，只是不想回吧。

但也不怪他，是自己先拒絕的，不是嗎？

「你是沒吃早餐嗎？」或許見到蘇珞的臉色不太好，戴雨菲關切地問：「肚子餓了？」

「我沒有，謝謝姊姊，我要回去上課了……」蘇珞抬頭看著戴雨菲道。

「你難得來一趟，參觀一下校園再走嘛，我們後援站裡還有很多昊一的周邊喔，連等身立牌都有。」

戴雨菲被這聲軟綿綿的「姊姊」叫得心花怒放，立刻邀請，還伸手把蘇珞從地上拉起來。

「真的嗎？」蘇珞一聽來了精神，兩眼忽閃忽閃的。

戴雨菲仰頭看著蘇珞，眨巴兩下眼睛道：「還好我有昊學長，不然真的會被你撩動哦。」

「欸？」蘇珞不明所以。

「Alpha果然都很帥。」戴雨菲笑咪咪的，順利牽走蘇珞。

半小時後，外文學院圖書館，五子棋社。

「謝謝姊姊～」蘇珞乖巧地雙手按在桌邊，對戴雨菲躬身道：「那麼昊一的立牌也歸我了。」

戴雨菲難以置信地看著iPad上的五子棋盤，她可是大學五子棋社的副社長，從幼稚園就開始學五子棋，一般人可贏不了她。

可是這個看起來人畜無害的弟弟，竟讓她十連跪！

起因是，她還是捨不得把昊學長的等身比製作人形立牌送人，就提出比賽。

還以為是虐菜，結果反被屠城。

「我說你平時上課都在玩五子棋嗎？」戴雨菲瞪大眼睛，「不是天天泡裡面，可玩不出這樣的水準。」

蘇珞想了想，半年前「燃燒の髮際線」小組，寫了一個C語言的五子棋程式，他也是其中一員。

他當時就把棋譜邏輯、演算法口訣都給摸透了，做出的程式正是戴雨菲拿來和他打比賽的。

「就是這個APP，我……」

「得了，我不想聽，你快拿走吧。」戴雨菲伸手蒙住自己的眼睛，「我願賭服輸！他是你的了！」

蘇珞站在比自己還高出大半個頭的立牌前，偷偷地呼了口氣。

姊姊實力超強，他贏得並不輕鬆，感覺腦細胞都累死一大半。

但看著眼前身穿著燕尾禮服的昊一，就覺得太值了！

戴雨菲說，這是昊一參加老教授舉辦的退休晚宴時，學院新聞社拍的，她賄賂新聞社弄到高清照，就做了一個等身立牌，這可是鎮社之寶。

「我請姊姊吃飯吧。」喝水不忘挖井人，蘇珞眉眼彎彎地說：「太謝謝姊姊了。」

「仔細想想，」戴雨菲突然有感而發：「我們都是肖想不到男神的苦命人，你知道嗎？」戴雨菲頓了頓，「我覺得昊神他有喜歡的人。」

「欸？」

「該說是女人的第六感？」戴雨菲自言自語似地說道：「昊學長突然變黑的頭像就很奇怪，他不是那種情緒化的人，而且我才不信司法考試太難的說法，更像戀情受阻之類……」

「咳咳！」蘇珞咳嗽起來，是被自己口水嗆的。

「你別這麼激動呀，我就是說說，也許是假的呢。」戴雨菲笑了，「好了，走吧，我帶你去見識一下名牌大學的自助食堂，超多好吃的哦。」

戴雨菲一邊說，一邊拿出手機叫人。

『這邊超可愛小奶狗一隻，速來。』

她把寢室裡三個姊妹都叫來了。

一行五人加一塊人形立牌，浩浩蕩蕩地出現在自助食堂裡，蘇珞想請客，卻沒有學生證可以刷卡，結果還是姊姊們請他吃飯。

陶瓷白的餐盤分為五格，水果沙拉、炒豆腐、宮保雞丁、臘肉蓋飯和一碗菠菜蛋花湯。

蘇珞剛好餓了，他答應姊姊們一會兒回請奶茶。

四個大二的姊姊，笑靨如花地點著頭，開始問蘇珞有沒有女朋友或者男朋友，得知他單身後，不約而同露出姨母笑。

「也對，喜歡昊神的人都逃脫不了單身狗的命運。」戴雨菲說。

「為什麼？」蘇珞不解。

「這就和追星同個道理。」另一個長相可愛的姊姊接話道：「不管遇到怎樣的男生，都會下意識與自己喜歡的偶像做比較，一旦發現哪裡不如偶像，那一點點的春心萌動就會立刻掐滅。」

「可憐我們長得這麼漂亮，卻都沒有男朋友。」另一女孩哀嘆：「都怪昊一學長太完美了。」

「所以，」蘇珞想了想說：「只要昊一談戀愛了，妳們就能脫單。」

「呃……」眾人啞然。

「你是什麼邏輯鬼才。」戴雨菲作勢要拿筷子敲蘇珞的頭。「說得很好，下次別再說了。」

「哈哈。」女孩們笑起來，這一桌俊男美女本就顯眼，這一鬧更是吸睛無數。

有個一身奢牌的男生，拿著一罐咖啡晃到餐桌旁，看了眼女孩們，直接開撩道：「這弟弟是誰？沒見過呢。」

「關你什麼事。」戴雨菲愣是沒好氣。「怎麼？在網上被罵得還不夠，再來這找不痛快？」

「就是，馬甲都掉光了，還在這裝什麼大佬。」另一女孩也嗆他。

「啊。」蘇珞反應過來，這就是那個披著馬甲各種抹黑昊一的渣渣。

青年看到蘇珞盯著自己，便也不在乎那些女孩，直接坐在一旁的空位，笑咪咪地看著蘇珞說：「你是來參觀學校的嗎？想考這裡？我可以帶你到處逛……」

「我勸你停手吧。」蘇珞看著他道。

「欸？」

「不是還在寫洗白的小作文嗎？」蘇珞接著道：「雖然字裡行間都透著『我只是個路人』、『我很公正』，但是你知道你發在論壇的匿名小作文，是可用代碼溯源的嗎？創建時間、作者用戶名、甚至你用來轉發的帳戶資訊全都可以看到……」

蘇珞的話還沒說完，青年的臉孔立刻變色，五官都擰成大寫的「尷尬」。他一邊說著「我不知道你在說什麼」一邊火燒屁股地跑了，大概是去檢驗蘇珞說的是不是真的。如果是真的，那他就是第二次掉馬……還是很丟臉。

「蘇珞，你是怎麼知道他……」

四個女孩愣了愣，戴雨菲第一個反應過來。

「不會吧。是你做的？讓他的馬甲曝光？」

「啊、這個……」

「就是你吧！我說你下棋怎麼這麼厲害，原來是駭客啊。」

「我不是，我沒有……」

蘇珞搖著手，這飯沒有吃上兩口，卻快把他瞭解透徹了。

砰！餐廳門口傳來一聲響動。

他們望去，不約而同地瞪大眼睛。

是昊一！

好像是剛才的青年匆忙跑出去，現在是用餐時間，人本來就多，然後不知怎地他就撞到剛要進門的昊一。

他一屁股跌倒在地不說，手裡的咖啡還甩飛出去。那聲音就是咖啡摔炸了。

神奇的是，被撞的昊一什麼事也沒有，青年倒是跌了個屁股蹲不說，腳上的ＡＪ球鞋也被咖啡弄髒了。

他連看都不敢看昊一，打著哈哈收拾咖啡。

「昊學長他怎麼會來這邊吃飯？法學院有更好的餐廳。」戴雨菲說著，突然回神過來。「快快快點！」

「欸？」蘇珞跟著慌起來，卻不知道為什麼。

「把立牌藏起來！」戴雨菲說：「這是我偷偷做的，昊學長可不知道！」

被本尊看到，可不就是社死現場！

「什麼！」

蘇珞一直以為戴雨菲獲得過昊一的許可，不過想想也是，昊一怎麼會首肯別人拿他做立牌。

他立刻抓住立牌，可這麼大一個「昊一」，能往哪裡藏？他左看右看，就只能擱凳子上，然後一屁股坐上去。

「我們這算侵犯肖像權嗎？」蘇珞問戴雨菲：「會被告嗎？」

「這個嘛……不被發現的話……」戴雨菲笑了笑，「而且，他現在是你的了，和我沒關係。」

「！」蘇珞忍不住歪頭看著戴雨菲。

「弟弟，這社會是險惡的。」戴雨菲拍著蘇珞的肩道。

「他還真在這裡用餐啊，哇！看看，他剛拿好的菜，就一堆人去搶一樣的排隊，什麼叫人氣，這就是人氣。」另一女孩說。

「畢竟是學神啊，又在考試季，都想沾點仙氣，可以考好。」

「媽媽媽媽呀！他是不是朝我們這邊來了？」室友們踢著戴雨菲。

可是戴雨菲也慌啊，就瘋狂扯蘇珞的衣袖。

蘇珞本來是慌的，他不想被昊一知道自己偷偷來看他。

好在他是轉身背對坐的，女孩們一慌，他反而鎮定下來。

「是那邊有空位啦。」蘇珞說：「別擔心，這麼多人，他看不見我們……」

「幫我拿一下。」伴隨著低磁的嗓音，是遞到蘇珞面前的餐盤。

「欸？」蘇珞愣了愣，抬頭便看到昊一那張精緻到無可挑剔的面龐。

他臉上寫著「毫不見外」。

蘇珞下意識就伸出手，接住了昊一盛放著滿滿餐點的餐盤。

昊一淡色的冰眸掃向戴雨菲的手。

她揪著蘇珞的衣袖，衣領都被扯變形，露出白皙的鎖骨。

昊一的眉頭肉眼可見地皺起，對戴雨菲道：「能讓一讓嗎？」

戴雨菲愣愣地撒開手，往邊上挪了挪，這餐桌很大，本就可以坐下六人。

對面的三個女孩，像是想叫卻發不了聲，臉孔憋得通紅。

戴雨菲移到邊上才反應過來，空位不是在蘇珞那邊嗎？昊一想坐的話，直接坐那邊就好，為什麼非要擠在她和蘇珞中間？

昊一長腿一邁，坐下來，又接過蘇珞手裡的餐盤。

「謝謝。」

「不客氣。」蘇珞眨了眨眼睛，還沒反應過來。

周圍的議論已然炸開！

「什麼意思？昊神怎麼和戴雨菲坐一起？」

「外文系的系花……」

昊一看了眼邊上戴雨菲的餐盤，她已經吃了不少。

「我聽說，下午外文系有突擊考試。」昊一直接道：「如果我是妳，就會快點回去準備。」

「啊！是嗎？」對面的女孩頓時慌了，開始收拾餐盤起身，還催促戴雨菲。

戴雨菲站起來，想要說什麼，但眼淚率先占據了眼眶。

她明白了，但她也忍住了，收拾好餐盤就離開。

「那位教授很凶嗎？」蘇珞也察覺到不對勁，問昊一道。

沒想到，昊一挑著那雙深邃的冰眸，盯著他兩秒後道：「傻瓜。」

「什麼！」蘇珞正要抗議，昊一卻拉過他面前的餐盤，與自己的對調。

「這是幹什麼？」蘇珞又問。

「我喜歡吃冷餐。」昊一拿起可回收利用的紙質刀叉，吃起蘇珞剛才動了沒幾筷的飯。光顧著聊天，他的飯菜自然冷掉了。

蘇珞望著面前還冒著熱氣的飯菜，有他剛才看到的古法紅燒肉，這味道太香了，只是價格貴他沒好意思要。

而且還有甜點，是撒著椰子肉的椰奶布丁。

「你不要吃的話，可以還我……」見蘇珞光盯著看，昊一假裝要拿回去。

「我要吃的！」蘇珞立刻小貓護食，還用胳膊牢牢擋著餐盤。

昊一笑了笑，蘇珞又叉起一塊紅燒肉分進昊一的盤裡。「別說我沒給你吃。」

「嗯~謝了。」昊一說，看著蘇珞大口地吃起紅燒肉拌飯來，他是真的餓壞了。「吃完我陪你參觀校園。」

「欸？」蘇珞不解地問：「你不上課嗎？」

「下午三點才有課。」昊一反問：「你不樂意嗎？」

「我可能要回學校……」

「不是已經請『病假』了嗎？」昊一優雅地咀嚼著米飯。「你這樣回去，班長會很難做。」

「呃……」

「放你一人在學校，我不放心。」

「有什麼好擔心的，我是Alpha。」蘇珞說：「我能照顧我自己。」

然後，他偷偷看了眼昊一依然裹著紗布的左手。

果然，被咬得那麼重，一個星期好不了。

他對自己也太狠了吧。

不過看著好像不影響行動……

「不是已經惹上官司了嗎？這肖像權……」昊一的視線往下，他們屁股下墊著的是人形立牌。

「嘎！」蘇珞完全忘了這回事，面紅耳赤地搔著頭說：「就是說啊，這麼大的學校，我一個人怎麼逛得過來，那就麻煩您帶個路。」

「好說。」昊一說著，迷人地一笑。

蘇珞沉迷扒飯，卻不知道昊一和他一起吃飯的事，已經成為論壇熱門。

戴雨菲回到寢室的第一件事就是拿出手機，把昊一的論壇頭像下載下來。

她也是突然想到的。

把光線調亮後，這就不再是一張全黑的圖，而是一個男生的側顏。

像是在電影院裡，男生正看著螢幕，光線照在他的臉上，將他充滿情感的神態完美展現。

拍攝的人一定很專注，專注在這個男生身上。

而這個頭像就是他的小心思。

他喜歡這個男生，偷偷地藏著，但也不怕被人發現。

「呵呵……」戴雨菲突然就笑出來，但明明眼淚在流。「還真的被他說中了，我到了該脫單的時候……」

雖然從喜歡上昊一學長的那刻，就知道會有這樣一天來臨。像昊學長這麼優秀的Alpha，怎麼可能孑然一身？

可是當這一天真的來臨時，心裡也是真的痛。

嫂子是男孩子，還是Alpha……戴雨菲想，果然是昊學長，連喜歡的人都很特別。

想到蘇珞的樣子，戴雨菲長長嘆了口氣。

算了，弟弟也滿可愛的。

有他陪伴，昊學長會很幸福吧。

而她也會去尋找屬於自己的那一份幸福。

但在此之前……

戴雨菲看著吵翻天的論壇心想，先愉快地來建一個ＣＰ討論組吧～

※

「法學院裡也有博物館？」午餐結束後，蘇珞和昊一離開餐廳。

非限定Alpha——米洛

「嗯，那邊的咖啡很好喝，尤其是美式。」昊一道：「飯後提神很棒。」

「你就是拉我去買咖啡的吧。」蘇珞鼻頭一皺，還不忘對胳膊底下的立牌「昊一」說：「有些人表面說著帶人參觀校園，私底下都是為了滿足私欲呢。」

昊一看著不管去哪，都被蘇珞牢牢護在胳膊底下的立牌——嗯，是很帥，畢竟是自己，還是等身比製作，用料應是高級雪弗板，不易變形還環保。

蘇珞帶著等身立牌，像在沙灘上抱著衝浪板的少年，臉上洋溢著滿滿陽光，超可愛的。

想抱。

好想抱住他。

……想在那比陽光還要耀眼的白皙額頭上，印下一吻。

「我臉上有什麼嗎？」

蘇珞見昊一盯著自己看，以為自己臉上黏著東西，不禁懷疑是不是剛才吃椰奶布丁的時候，有糖霜沾在嘴上。可他明明用紙巾擦過嘴巴了。

蘇珞伸手摸了摸自己的臉，昊一突然低頭，湊得極近。

「幹、幹什麼？」深邃迷人的眼睛裡有著自己的倒影，蘇珞的心跳不由得加快。

「有小飛蟲。」昊一說著，勾著食指輕輕一彈蘇珞的額頭。

「什麼？」蘇珞立刻去摸額頭，卻換來昊一又一次伸手，覆上他的頭頂，溫柔地搓了搓他的頭髮。

「已經被我趕跑了。」昊一微笑，唇角勾著點小得意。「不用謝。」

蘇珞的臉不受控制地紅了，他想對昊一說：「你能不能別這樣放閃？人都麻了。」

那雙漂亮的眼睛本就帶電，笑得還那樣蘇，簡直是撩死人不償命。

這是要蘇死他，好繼承他手上的立牌嗎？不是沒可能哦。

蘇珞想起在餐廳時，昊一還問過立牌是哪來的，看樣子有必要澄清一下。

「這個，」蘇珞看著昊一，慎重其事地拍了拍立牌的後背，又往自己胸膛一按。「是我的。」

「嗯~我知道。」昊一點點頭，在心裡說完下半句：「但是，你是我的。」

——是我喜歡的Alpha。

在收到秦越「蘇珞去找你了哦」的訊息後，昊一開心得都想去操場跑圈。

非限定Alpha——米洛

在他有記憶的人生裡，每一次的「驚喜」，似乎都是來自蘇珞。

從見到他的第一眼；從發現他竟然是秦越的新同桌；從知道自己喜歡他；從知道——他來見自己了。

原本他就打算給蘇珞一週時間，消化一些事，再拖下去的話，兩人之間只會產生無法消除的隔閡。

所以，他本想在週末去找蘇珞，沒想到他先過來了。

心裡的喜悅自然抑制不住。

「你到底在笑什麼啊？」看著昊一仍微微笑地在放閃，蘇珞感覺到不對勁。

「我們要去的是博物館，不是酒吧，你低調點。」

「——昊一學長！呃不是，會長！」

突然，有個戴著眼鏡的女Beta跑過來，攔在兩人面前。她跑得滿頭汗，雙手撐在膝上，大口喘著氣。

「斯諾教授他們到了……」

「斯諾教授？」昊一意外地說：「不是下週的航班嗎？」

那讓蘇珞頭疼的「蜜汁微笑」也瞬間消失，一秒霸總附體。

簡直是高冷本冷，蘇珞在邊上都看傻眼了。

「原本是下週，教授說是想旅行，就把行程提前了，也沒提前通知我們……」女生吞了口唾沫，語速極快地說起英文。

雖然蘇珞的英文不錯，但僅限電腦術語。

他只捕捉到「Visiting Professor」、「Opinions」。

好像是客座教授提前來了，副會長正在接待。

蘇珞知道碩士、博士也有學生會，就叫「研究生會」，比高中的學生會要正式得多，是在大學註冊且完全自治的組織。

但他不知道昊一是會長。他這是有三頭六臂啊？能在讀博的同時，還管理偌大一個研究生會。

「我和妳去一趟會客室吧。」昊一說，轉頭看蘇珞，聲音放緩：「你先去博物館，我去迎一迎教授，很快的，晚點我請你吃草莓蛋糕。」

那語氣像在哄男朋友，要多寵有多寵。

女生的嘴巴不覺張大，像看著什麼不可思議的事件一樣盯著他倆。

「你忙你的，我又不是小孩一定要人陪。」蘇珞說著，帥氣地一搭身邊的立牌。「你們走吧，不用管我。」

「抱著這麼大的玩具，還說不是小孩。」昊一笑了，又摸了摸蘇珞的頭，依依不捨道：「那我走了。」

「嗯，走吧，趁我還沒有揍你前。」蘇珞已經在磨牙了。

昊一他們一走，蘇珞就轉頭對立牌人說：「別聽他的，你不是玩具，你是我大大大寶貝～」

「不過，你說我是不是來得不是時候？」蘇珞自言自語道：「我打擾他做事了。」

可來都來了，總該把想問的話問完才走，比如：你的身體已經完全沒事了嗎？你爸爸沒有為難你吧？

這些問題可是一宿一宿地讓自己睡不著。

還總是作著昊一被束縛在一張黑暗的床上那樣可怕的噩夢。

「誒～為什麼每次他走開，我才想起正事？」

蘇珞搔著腦袋走向文化博物館，沒有注意到身後跟著兩男兩女。

※

文化博物館一樓B區。

「這裡也拍一張。」蘇珞其實是不怎麼愛拍照打卡的人，可沒想到博物館竟然這樣有趣。

不僅有法律文化的介紹，還有一些古代的法律收藏品，如丹書鐵券、登聞鼓、節鉞，甚至有一座清代衙門的建築。

據說原址在地震中損毀，這棟建築是根據史料記載，挖掘原址中的磚瓦一比一復原而來。

皎如月色的燈光投射在這布滿歲月痕跡的青石磚、綠瓦屋上，能想像得到它見證過多少人間悲歡。這桌上的一筆一硯，亦沉澱著世間的過往。

有意思的是，古衙門對面的展館，便是現代法庭。一左一右，如青龍白虎，不怒自威。

蘇珞帶著立牌穿梭於古今之中，宛若時間的旅行者，周旋在一樁樁的奇人奇案中，感慨人間百態，皆因欲望而起，欲壑難填，便做出那喪盡天良之事，好在青天在上，律法嚴明，惡人最終伏法！

看到這，蘇珞不免長舒一口氣，忍不住搭著立牌的肩，開啟「炫夫」式講解：「你爸以後也會站在莊嚴的法庭上，匡扶正義、鏟奸除惡。」

至於為什麼立牌變成兒子了，蘇珞覺得「他」既然是昊一的copy，自然就是兒子啦。

「你知道這登聞鼓是做什麼用的嗎？」蘇珞笑咪咪地說：「就是擊鼓鳴冤的，開封府包青天專管這事，可牛牪犇逼了。」

「呃不對，包青天包大人好像不在清朝衙門，哪朝來著……」

蘇珞突然心虛，總覺得再怎麼灌輸下去，這立牌得成學渣。

他豎起指頭，開始默背二十四朝順口溜：「黃虞夏商周……」

「我說你，怎麼可以這樣不要臉！」

這聲暴躁的辱罵猛地撕破場館的靜謐，就像往湖裡丟了個雷。原先靜靜看展的幾個人，都驚訝地望過來。

而蘇珞是最驚訝的那個，因為那女生是指著自己在罵。

「什麼？」看著瞬間就圍上來的兩男兩女，蘇珞都懷疑他們是不是認錯人了。

為首的女生穿著粉色T恤、白色網球裙，化著精緻的妝容。

女生身上香水的味道，讓蘇珞一時分不清她的性別，如果是Omega，那他最好拉開一點距離。

不過，蘇珞看到她佩在挎包的鑰匙圈，雖然圖片有點小，但那好像是昊一……手繪的Q版形象昊一。

「你憑什麼帶著山寨的昊一學長，在這招搖過市？」女生一說完，邊上三人就起哄道：「就是！纏著學長給你買飯吃，已經很過分了，竟然還做這種東西……」

一個男生說著，就要去扯蘇珞身後的立牌。

蘇珞一把扣住男生的手腕。現在他聞出來了，四人都是Beta，但情況並沒有好轉多少，只要他是Alpha，一旦起衝突避免不了背鍋。

「痛痛痛！」男生誇張地叫起來：「你怎麼打人！」

「你確定嗎？」蘇珞是現學現賣，司法是講證據的，他看了看上方的監控。

「主動挑釁Alpha，還誹謗，是想被開除學籍嗎？」

非限定Alpha——米洛

「操！你他媽嚇唬誰呢！你是Alpha，我就是Alpha他爹。」

男生用力一抽，沒抽出手腕，但是近距離看著那張端正又帥氣的面龐，他逐漸察覺出不對勁。

操他媽的！還真是個Alpha！昊學長怎麼會和一個A走得那麼近？還以為和自己一樣是個Beta。

蘇珞見他眼底顯露出懼色，便鬆開手。

男生接連倒退兩步，幾乎是躲到粉色T恤女生邊上。

「快說！你和昊學長到底是什麼關係！」

這女生顯然是他們的老大，她沒有因為蘇珞是Alpha就放棄追究。她仰起臉時，蘇珞才發現她戴著美瞳，淺淺的冰棕色，像極昊一的瞳色。

蘇珞想回她，當然是朋友。

可是，他對昊一的感情就不是友誼。

加上那雙質問般的眼睛，蘇珞突然就被問住了，彷彿在遭受靈魂拷問。

「你果然是個噁心的私生粉！」見蘇珞答不上來，女生更氣憤地開噴：「我就知道你想藉這立牌來套學長的關係！我告訴你，學長根本不會看上你這樣的

Alpha，不要以為學長賞你一頓飯，就蹬鼻子上臉……」

蘇珞知道昊一在學校裡有不少組建成團的「粉絲」，也在論壇見過他們置頂的「守則」。

和追星差不多，大家只能參與昊一公開在外的行程，比如一同上課、會議、活動，不能與他私下接觸。

但凡私下追蹤、偷拍、騷擾昊一私生活的，都視為侵犯其隱私，是人人得以誅之的「私生粉」。

不過嘛，論壇上還是有很多昊一的照片，看角度就知道是偷拍的。

可是也沒有人追究，反而都在喊：『媽媽他好帥！』『啊啊這盛世美顏！』

歸根結底，蘇珞明白問題是出在「不得私下接觸」這一點。

難怪那些照片上，昊一都是獨來獨往，上課時，他周圍座位也是空開一圈。還以為他是頂A，所以人家不敢接近，看來真正的原因是在這。

女生依然罵個不停，而且越來越難聽，那精緻的妝容已然變得猙獰。

「昊一他沒有出道，不是明星。」蘇珞打斷她：「不覺得限制他的正常交友，才是變態得可怕嗎？」

非限定Alpha —— 米洛

「你說什麼！」女生瞪圓了眼，粉底都蓋不住她氣紅的臉色。

「不能因為覺得自己沒可能，就阻止別人啊。」蘇珞這台拆的，比二哈拆家還徹底。「這很卑鄙。」

「你混蛋——！」女生抓過一旁同伴手裡拿著的冰奶茶，潑向蘇珞。

「幹什麼呢！」有個高挑的青年舉著手機走過來，不客氣地說：「不知道博物館裡禁止喧譁？我在拍攝了。」

男生見狀，就拉了拉女生的胳膊，女生狠狠白了蘇珞一眼，轉身離開。

蘇珞心想，還好校服留在教室，可是運動衫廢了。

該慶幸那杯奶茶喝剩沒多少嗎？不然就不止胸口這一灘了，褲子也得完蛋。

「你怎麼傻傻地站著，等著被潑？」青年沉聲說。

「欸？」蘇珞這才回神，盯著青年道：「你怎麼會在這？」

一頭俐落的短碎髮，身上是深灰的休閒西服。

——是上次那個接住他的年輕人。

「我是這裡的管理員，上次去你的學校是去送展品。」青年指了指自己的胸牌，上面寫著「員工：奧斯卡」。

「你是外國人啊？」蘇珞有些驚訝。難怪鼻梁這樣高挺，眉骨也很闊，襯得眼神特深邃，很有混血兒的味道。

「你這麼笨，我這個外國人看著都生氣。」奧斯卡接著說：「因為是Alpha，所以才沒反擊嗎？」

怕被誤會仗A欺人。

「不是。我要是躲開，那身後的立牌和古磚牆都得遭殃。」蘇珞說著，不好意思地撓撓頭。「那個，你知道拖把在哪嗎？」

「還是我來拖吧，你去洗手間洗洗。」奧斯卡看著蘇珞的黃色運動衫。「放著不管會染色的。」

十分鐘後。

蘇珞把運動衫脫了，搓洗掉奶茶漬，好在裡面還有一件白色短袖T恤，不然得裸著了。

「其實學校裡有乾洗店。」奧斯卡清潔完場館地面，提著拖把回來了。

「我知道。」蘇珞發現T恤下襬被水濺濕了，便走到烘手機下面掀起衣襬吹著。「但我一會兒就走了。」

奧斯卡一眼就看到那熟悉的馬甲線，以及線條柔韌的腰肌。和他掛在陽台時一樣，雖然身處麻煩卻特別有精神。

「謝謝你啊，又幫我一次大忙。」蘇珞笑著說。T恤很快就烘乾，他把運動衫折疊起來，塞進彷彿棒球包一樣大的書包裡。

「不用謝我，這也是我的工作。」奧斯卡擰開水龍頭，悠哉地洗著拖把。

「對了，你等的人已經來了，不去見他嗎？」

「欸？」蘇珞很吃驚地看著他，「你怎麼知道我在等誰？不會是在監視我吧？」

「呵呵。」青年笑了，挑眉道：「是啊，全校都在監視你，昊一身邊的神祕男生，論壇都已經炸了。」

「什麼！」蘇珞揹上書包，掏出手機，就往外走。

奧斯卡在他身後說了句：「下次見～」

蘇珞下意識地回道：「嗯好。」

蘇珞一離開，奧斯卡就關掉了拖把池的水龍頭。

他慢悠悠地走向最後一間廁格，門上掛著「維修中」。打開門，映入眼簾的是一個棕色短髮的倒楣蛋，被扒得只剩短褲，頭栽在馬桶旁不省人事。

青年摘下名牌丟回男人身上，又叼起一根菸慢慢地抽著。他端著一副喪喪的表情自言自語道：「怎麼回事，突然好想去貓咖擼貓啊……」

蘇珞來到走廊上，才打開論壇，就看到幾乎滿版的熱帖。好些人在問：『這男生是誰？』『是昊一的什麼人？』『積分懸賞：有人認識這小子嗎？』還有他凹出各種造型，和立牌一起自拍的照片。

這傻乎乎的笑臉、呆兮兮的姿勢，算是社死嗎？

「靠！」蘇珞臉上不禁一熱。他以為沒什麼人看展，結果一直被人偷拍，還上了論壇熱門。

『就是昊一的粉絲吧，他的腦殘粉特別多。』

『唉，真是旱的旱死，澇的澇死，超羨慕昊神啊，那麼多人追。』

非限定Alpha——米洛

『有一說一，這弟弟皮膚真好。想日。我女Beta。』

『樓上姊妹請排隊……謝謝。』

『看這顏值、這大長腿，是昊一親戚跑不了。』

『又一個學霸想考我們學校？操！想卷死我們就直說。』

『這個人呀，我早上在ＡＯ法學院門口見過，是個Alpha吧，那個氣質很像。』

『散了吧，都是Alpha，有什麼好圍觀的，說不定是昊一的表弟。』

『你們家的表兄弟是這樣吃飯的？』有人甩出蘇珞和昊一在餐廳用餐的照片，肩碰著肩、頭挨著頭，就差互相餵飯了。

靠！蘇珞不禁吐槽自己，當時並沒有覺得怎樣親密，現在看著，真有點……過於曖昧了。

啪嗒、啪嗒，蘇珞聽到著急的腳步聲，視線離開手機，就見到昊一朝這邊筆直地走來。

可能是去見教授的關係，他穿著西裝外套。

那得體的剪裁一看即知是手工訂製，深色西服、上梳的髮型，透著沉穩與內斂。

加上大長腿一邁，霸總氣質真是拿捏得穩穩的。

也太帥了吧！蘇珞忍不住心跳加速。

「——昊一學長！您怎麼來了。」

又是那女孩的聲音。原來他們沒走遠，說不定還在伺機找蘇珞的麻煩。

昊一一來，他們便蜂擁迎上去，笑得無比燦爛。

蘇珞卻轉身，朝著相反的方向走。

他要去找立牌，以免弄丟。

他也不想擴大矛盾，畢竟他可以一走了之，昊一還要留在學校。

沒錯，他就是慫了。

畢竟周圍可是有無數雙眼睛盯著他和昊一。

沒想到，身後傳來跑動的聲音。

蘇珞一回頭，就看到昊一越過那些攔路的人，直接朝自己跑來。

他一跑，蘇珞就更慌地加快腳步。

「蘇珞！」昊一叫他了。

「幹嘛？」蘇珞邊跑邊回應。

剛好是回字形的玻璃走廊，兩人追了整整一圈，看傻了女生幾人。

昊一皺皺眉頭，停下來，蘇珞還心事重重地往前跑，直到看到昊一站那等他。

「靠！」蘇珞轉身又想跑，但這一次，昊一沒讓他跑掉，一把抓住他的手臂，將他拉到自己面前。

——幾乎是懷裡的距離。

「幹嘛啊？」蘇珞還在裝傻。

「你生氣了嗎？」昊一問，全然不在乎旁人怎麼看。「抱歉，教授他有點不想放人，我和他說我在約會，他才同意我走。」

「我沒有生氣。」蘇珞現在才反應過來剛才的舉動有多傻，臉更紅了。「我只是想去拿我的立牌。」

昊一看了眼蘇珞身上的T恤，很敏銳地問：「發生什麼事了嗎？」

「沒有。」蘇珞很快道：「喝東西的時候，不小心弄髒衣服了。」

「那穿我的。」昊一飛快地脫下西服外套。「這裡的冷氣開得低。」

好像所有收藏古董的場館都這樣，冷氣像是不要錢。

「謝啦。」蘇珞沒有拒絕，因為參觀博物館只穿T恤感覺不太正式。

西裝上還有淡淡的麝香，就很舒適。

蘇珞穿衣服時放下的書包，昊一自然地揹在自己身上。

白襯衫、黑西裝褲，卻斜揹一只大大的藍色運動系書包，一看就是——「女朋友」的包。

「頭髮怎麼也濕濕的？」昊一又伸手，像個操碎心的爹，輕輕擦了擦蘇珞的額頭。「還說不要我陪著，一會兒不見而已，就變樣了。」

「我只是洗了把臉。」蘇珞臉紅地抓住昊一的手。「喂，你別弄亂我的髮型。」

「——昊一學長！」女生突然嘶吼，聲音太響，都破音了。

蘇珞都把那女生給忘了，不免嚇得全身激靈。

「你、你們是什麼關係？」女生再次拋出那個問題。她此時已經滿眼的淚，分不出是氣的，還是傷心，或者兩者皆有。

女生還把手機舉起來，她竟然在直播。

「妳怎麼……」蘇珞想阻止。說好的不偷拍、不干涉昊一的私生活呢？

「我沒必要向你們交代吧。」昊一看向女生幾人。

這都是經常晃悠在他身邊、裝偶遇的「熟面孔」。

女生的父親還是學校的教授。

所以並不是每個老師，都能教育好自己的孩子；也不是考上名校，就能成為成熟的大人。

蘇珞見昊一蹙眉的樣子，知道他聰明如斯，已然猜到發生了什麼。

見他也不願搭理，不禁暗暗鬆口氣。

就隨便說點什麼，然後……

「畢竟我表現得這樣明顯。」昊一說：「你們看不出來，我在追他嗎？」

「什、什麼！你——追他？」

女生像是無法相信般瞪著昊一。她正舉著直播的手機裡，評論瞬間炸鍋。

『昊一學長他剛才說什麼？追Alpha？』

『開玩笑的吧，學長不可能喜歡Alpha！』

『就是說啊，ＡＡ之間能有真愛？』

『AA怎麼不能有真愛了?小心學長告妳性別歧視。』

『嗚嗚嗚~為什麼讓我知道這件事,感覺我以後再也不會喜歡上什麼人了……』

『我靠!昊一這是出櫃了?』

『我和他同小組,都沒聽說過他喜歡男生啊,還是一個A,太突然了吧……』

『明顯假的啦!這小哥哥再帥,昊一也不可能是彎的。』

「昊一,你就這麼討厭我們嗎?」女生似乎也是這麼想的,既憤怒又傷心。

「不喜歡我們直說就好,大可不必說自己是Gay,還喜歡Alpha?呵,你當我們傻的嗎?我們對你真的太失望了!」

說完,她拉著朋友,氣呼呼地走了。

就這麼無法接受現實?昊一感到無語。罷了。

他回頭看著蘇珞問:「你還好嗎?」

「哼。」蘇珞對著昊一,不滿道:「你為什麼要騙他們?」

「啊?」昊一呆掉,瞬間石化的那種。

「雖然我是母胎ＳＯＬＯ，但我不是笨蛋。」蘇珞胳膊一抱。「你哪裡有在追我？好像都是我在找你約會吧？不管是吃飯、看電影，還是……」

想到電影院裡幫昊一口的那一幕，蘇珞的臉瞬間紅透，他不得不清了清嗓子。

「還是我來大學找你。全都是我在『主動』好不好？你這樣也算『追我』？」蘇珞越說越來勁了。「還有！你見過追求別人，卻一個星期都不回簡訊的嗎？有嗎？沒有吧～？」

從未在辯論上輸過的昊一，第一次感受到什麼是：「他說得好有道理，我竟無言以對。」

昊一抿了一下嘴唇後，轉身往前走。

「這就生氣了？」蘇珞鼓了一下腮幫子。「切～」

不過自己惹生氣的，當然還得自己來哄，蘇珞正要叫住悶聲前行的昊一，卻見他一個轉身，急邁著步伐，噔噔噔地回來了。

「嗯？」蘇珞看著他。

「你怎麼沒跟上來？」昊一問道，竟還挺委屈的。

「這個嘛……」蘇珞想說：「我倒是想呢，但凡你回頭慢一點，我就追過去了。」

「算了，」昊一拉起蘇珞的手腕，「我們走吧。」

「去哪裡？」

「我帶你去看好東西。」昊一唇角一揚，笑得迷人。

「等下，我們先去拿立牌，就在前面。」蘇珞拉起昊一就跑。「衝呀！」

昊一被扯著往前衝，心裡不覺開始著作：《N種讓立牌消失的方法》。

兩人走後，青年才從洗手間出來。

他背靠著牆，深深皺眉。

有些棘手啊，那個頂A。

就算他噴了大量阻隔劑來掩蓋自己的信息素，可對方似乎依然有所察覺，並在瞬間豎起信息素屏障，圈住自己身邊站著的Alpha少年。

這很像Alpha為了保護自己的Omega，不被陌生Alpha的信息素侵擾而做出的反應。

占有欲極強。

「這單接得太虧了，搞不好會把自己搭進去。」青年這麼唉聲嘆氣，目光卻格外炯亮。他拿出手機，在某個加密頻道發送簡訊。

『下單的富二代，在哪個監獄？』

『做什麼？』

『得加錢。』

※

蘇珞被帶到博物館頂層西側。

幽暗的走廊盡頭，有一間帶電子門鎖的倉庫。

昊一掏出一張印著「研究生院」的門卡，「嘀」一下，門吱嘎地開了。

裡面黑咕隆咚的，唯有嗖嗖冷氣兜臉撲來，靈異片的氛圍瞬間拉滿。

「呃……」蘇珞渾身激靈，正想著這什麼鬼地方，只聽身後「啪」一聲，屋內的燈光詭異地閃了又閃，愣是沒亮起來。

但這絲毫不影響蘇珞嘴巴大張地喊：「啊啊啊啊——我操啊！」

只見半顆屍白的腦袋閃現在不停跳躍的燈光下，還是飄在半空中的！太他媽瘆人了！蘇珞的臉都綠了。

一隻手飛快從他臉邊伸出，他沒來得及跑，就被人從身後一把捂住嘴。

「唔唔！」他抓住那隻手，摸到繃帶——是昊一？

啪！他毫不客氣，一巴掌反手打在昊一的頭上。

這時，燈總算亮了。

屋內瞬間變得燈火通明。

「欸？」蘇珞看著前面，是一個像建案模型大的展台，上面鋪著黑色防塵布，只有藝術品一角——那半顆腦袋露在外頭。

蘇珞回過頭，看到站在電燈開關旁的昊一，一臉無辜地揉著耳朵。

顯然蘇珞剛「嗷～」的一嗓子，差點把昊一給送走。

「我不知道你怕黑。」昊一說：「本想給你一個驚喜，早知道先開燈了。」

「我不怕黑，但是我怕鬼！你管這個叫驚喜？」蘇珞指著那猶抱琵琶半遮面的藝術品。「你這是什麼直男審美？」

昊一卻笑了一下，走到展台旁，一把扯下防塵罩。

「哇！」蘇珞又張大嘴巴了，這會兒是真有驚喜到，眼裡還閃出光來。

那是一座白玉石雕刻的栩栩如生的雕像，上面有四、五個人，不過都是半身像，剛才見到的半顆腦袋，原來是個捲鬚捲髮的老翁。

老翁神色淡然地舉著酒杯，與周遭那些或掩面哭泣、或痛苦的人完全不一樣。

蘇珞不曾這麼近距離地觀賞過一座雕工如此了得的藝術品，它在燈光下閃閃發光，似有著鮮活的生命力。

「這裡是我們研究生會的倉庫，這件展品是從倫敦博物館借來的，將會在下週展出。」

完全是寶藏級的藝術品，更甚於之前在展廳看到的那些展示品。

趁著蘇珞欣賞的時候，昊一去到一旁的桌子。

那裡有一台咖啡機，還有小型冰箱。他從冰箱裡拿出牛奶，熟練地操作起看來很高檔的義式咖啡機，沖起咖啡來。

昊一說：「你應該知道這人是誰吧，高中的美術或歷史課應該講過。」

蘇珞心想，美術和歷史課，剛好是用來寫程式的課啊。

「不知道？」昊一壞壞地一笑，「不會沒有認真聽講吧？」

「我知道的。」蘇珞嗅著咖啡濃郁的香氣，勝負欲上來了。「你別提醒我。」

「嗯，我不說。」

昊一笑得寵溺，同時手裡動作也沒停，拿著攪拌棒打發牛奶。

「是什麼來著……好眼熟啊。」

蘇珞看著雕像，確實在課堂上見過，但是叫什麼……

突然，他想起想起歷史老師的大嗓門——蘇格拉底……

「《蘇格拉底之死》！」蘇珞無比激動地喊道。

「不錯，滿分。」昊一豎起大拇指。

蘇珞同時記起的，還有老師在講台上情緒激昂的演說：

「蘇格拉底在判刑後是可以逃走的，他有這個能力，而且他罪不至死。然而他還是選擇赴死，為什麼？

他不是不愛惜自己的生命，只是他已經被國家判決有罪。

他要是逃走了，等同藐視法律的存在，法律也就失去它應有的效力與權威。蘇格拉底最終喝下毒酒，用慷慨赴死去證明法律只有被遵守才有權威性。只有法律樹立了權威，才能有國家秩序與社會正義的存在。」

這些話對蘇珞來說很震撼。一個人用生命捍衛著律法，捍衛著公平與正義。而眼前的白玉石像，憑藉其鬼斧神工的雕琢，極其震撼地還原出畫像中的故事，如身臨其境一般。

「我都不知道該說什麼好了。」蘇珞仰頭看著雕像。「沒有清醒的認知與足夠的勇氣，根本做不到這樣的犧牲。」

「嗯。這世上從來不存在輕易得到的正義。」昊一把煮好的咖啡端給蘇珞，站在他身邊，看著雕像道：「司法正義和事情的真相也從來不是同一種東西。」

這世上有的是冤假錯案，就像本不該死的蘇格拉底。

「這就是你將來要生活的世界嗎？律師或法官？」蘇珞捧著咖啡杯，認真地看著昊一問道。

「不管是律師還是法官，都是司法系統的一員。司法判案講究的是證據，我追求的不只是證據，更有還原事情的真相。」昊一道：「我以後會像我父親那樣去到足夠高的地方，看到更多真相……也只有那樣，我才有能力去保護我想要保護的，不管是真相，還是……」昊一微笑地看著蘇珞，「我身邊的人。」

「你可是頂級Alpha。」蘇珞挑了挑眉頭笑了。「我相信你不僅做得到，還會比昊法官做得更好。」

「蘇珞，我是在十三歲時分化。」昊一緩緩說道：「那時家裡都知道我會分化成Alpha，因為母親對我做過基因測定。但他們沒想到的是，我的A值竟然高到儀器都測不出來，醫生、專家都束手無策，我的信息素讓他們沒辦法靠近我……也沒人敢靠近我。就在他們以為我會被自己的信息素給毀掉的時候，我卻奇蹟般地挺過來了。」

「天啊……」分化這件事，不需要是頂級Alpha都知道有多難熬，五感變得極為敏銳，會覺得路燈太亮、蟲鳴聲刺耳，甚至能感覺到別人的心跳、呼吸在自己的耳朵裡躁動。

情緒波動大到只能靠最大劑量的精神藥物控制，可是急躁、易怒、抑鬱還是輪番上陣，彷彿全世界都在與你作對，而你偏偏不信任自己。

不過蘇珞不知道頂級Alpha的分化反應大到能害死自己。

他不由得想起最近總在作的惡夢——遭束縛衣牢牢捆住的昊一，被無情地拋棄在黑暗裡。

這讓他的心很痛。

為什麼那個時候，他沒能陪在昊一的身邊呢？

為什麼他們認識得這麼晚？

「你知道嗎？我其實一直在納悶，為什麼會有那樣的奇蹟發生？在那種崩潰的狀態下我還能活下來，真的不科學。」

「怎麼不科學了，你是天選之子，當然不會有事。」蘇珞急了，嗓音沙啞。

「或許吧。」昊一笑了，看著蘇珞溫柔地道：「但我覺得奇蹟之所以發生，是因為這世上，有這麼一個Alpha值得我去遇見，然後用我一輩子的時間去愛他、守護他，我是因為他才活下來的。」

「可、可是……」

蘇珞猛吸一下鼻子，心裡酸楚至極。他努力想控制情緒，但在低頭瞬間，眼淚還是掉了下來，滴穿了咖啡杯裡的愛心拉花。

蘇珞哽咽說道：「萬一那個人沒有你想得那麼好呢？他其實對你有所隱

瞞……有關他的……媽媽……」

「他可以『不好』，也可以『不說』，但就像怎麼也割不斷的親子關係，我和他之間的羈絆也牢不可破。」

「昊一……」蘇珞放下咖啡杯，驚訝地抬頭道：「原來你知道啊。」

「嗯，我知道。」昊一笑著點頭。「我知道我愛你，我知道戀愛是我們之間的事和其他人都無關，不像某個笨笨的傢伙，連雕像都會怕。」

「我哪是怕！」蘇珞鼓起腮幫子，既感動又有些委屈。「這世上我只怕一件事。」

「鬼嗎？」昊一調侃。

「才不是！那是晚上才怕的，還得在看完恐怖片後。」蘇珞頓了頓，才一臉焦躁地道：「我是怕某個人突然不再喜歡我。怕他說，就當我們從沒認識過吧……怕他真的就那樣消失在我的世界裡……嗚嗚，我怕得要死，卻一點辦法都沒有。因為我超級喜歡他……喜歡到滿腦子都是他……」

昊一注視著蘇珞水汪汪的眼睛，既心疼又謹慎地問：「那麼，我會是那個幸運的『他』嗎？」

非限定Alpha —— 米洛

「當然。」蘇珞淚眼模糊得都快看不清昊一的臉，他閉上眼，用力點點頭。更多淚水被清理出眼眶，待他再睜開眼時，就看到昊一眼裡極致的狂喜，那是世界都彷彿與之共舞的快樂。

蘇珞堅定地說：「昊一，你可是名副其實的天選之子，所以除了你，我不可能喜歡別的人了。」

「蘇珞……」昊一傾身就想吻蘇珞的唇，可就在快要碰到的那一刻，他停住了。「我們這算正式交往了嗎？」

蘇珞都準備好閉上眼，見昊一這麼認真地詢問，心想昊一果然是做大法官的料，什麼都得講究證據。

他伸手拉住昊一的衣領，像要咬人似地狠狠親上去，用牙齒輕啃那色澤迷人的唇瓣。

「唔。」昊一被咬得喉間輕輕一哼，下一秒便熱烈地回吮蘇珞的嘴唇，吸舔他的舌瓣。

濕濡交融的雙唇，帶著咖啡的香氣，激烈的心跳令兩人的身軀相擁得更緊。

就像工匠鑿出的最後一筆，這一刻是永恆的。

※

從博物館出來後，昊一從口袋裡掏出一張黑色卡片，遞給蘇珞。

「這是什麼？」

蘇珞接過來，卡片背面印有校徽，反面裝著晶片，很像銀行卡。

「研究生會的會長證。」昊一微笑著說：「裡面有我的身分認證以及現金儲值。」

「所以，」蘇珞不解地問：「你不要了嗎？」

「不是不要，」昊一噗嗤一笑，「讓你拿著，是方便下次來的時候，可以使用校區設施，包括巴士。」

校區太大，學院、場館間都有免費巴士接送，隨叫隨停，只是這服務僅提供給法學院的學生和教職員工。

而訪客大多是開車來的，不像蘇珞獨自一人，也沒騎車，到處找昊一的時候，當然得跑斷腿了。

「而且買校內任何東西都是打七折哦。」昊一像是怕蘇珞不收，又笑著補充。

「七折？」蘇珞眼睛立刻發光。「是連奶茶、蛋糕這些都打折嗎？」

「嗯，算是會長福利吧。」

「可是，給我了，你怎麼辦？」

「我還有學生證，不影響。」昊一說：「你要是餓了，或者想買什麼，都直接刷卡就好。」

「卡裡有很多錢嗎？」蘇珞突然笑得賊兮兮。

「嗯，足夠你用。」昊一下頷一挑，霸總氣質拿捏到位。

「我要是買很多～很多～好吃的，然後把裡面的小錢錢都刷沒了呢？」蘇珞挑著眉頭，「那你會不會覺得很肉痛啊？」

「這樣說的話，應該是你比較肉痛哦。」

「欸？為什麼？」

「我的錢就是我的嫁妝啊。」昊一拉過蘇珞的胳膊，像擁抱般地挨近。「這嫁妝花完了，到底哪邊會痛？」

「我呸～！」蘇珞的耳朵跟熟了似地發燙，他鼓起腮幫子秒變羊駝，佯裝要吐昊一口水。「誰要娶你啊。」

「不要嗎？」昊一顯得很無奈地說：「那我豈不是沒人要了？怎麼辦，我要不要現場拋個繡球，再招一個老公……」

昊一說著，手指一勾領帶結，儼然要把它當繡球丟。

「你敢～！」蘇珞連著昊一的手指一起，一把抓住領帶，盯著他道：「你是我男朋友，敢和別人招親試試？腿都給你打斷。」

「這麼凶啊？」昊一憋著笑，然而眼裡灌滿愛意，從嘴角到眉梢都是甜滋滋的。「那我還是不招了，小命要緊。」

「誰凶了？」蘇珞嘟囔著：「我這麼可愛的Alpha，怎麼可能會凶。」

「嗯，是我凶，蘇珞你最可愛了。」昊一反復摸著蘇珞的頭，滿臉讚賞的笑。「超可愛的。」

昊一多少有點沉迷其中了。

都說只要見到自己喜歡的人，嘴角就沒辦法放下去。

會想笑。

不由自主地笑。滿滿寵溺地笑。

眼裡除去對方的笑顏，再也沒有別的風景……

蘇珞也是一樣。

他知道自己站在這裡——栽滿法式梧桐的道路旁，一直抬頭盯著昊一笑，是件很傻的事，可是他停不下來。

直到一群學生騎著自行車經過他們，他才低下頭，小聲說：「會上癮的吧。」

「嗯？」昊一沒聽清。

和你在一起，真的會上癮——蘇珞很想這麼說，可是他們馬上就要分別了。

昊一要去上課。

起初蘇珞還想著，要不要慫恿昊一請假。他們才剛確認戀愛關係，多待一節課也是好的。

蘇珞不知道這是「戀愛腦」，還是Alpha的獨占欲作祟，才會有這樣的念頭。

當然，他只是在心裡想想，並不會真的那麼做。

在大學裡上課也是要點名的吧，他可不想昊一因為自己被教授訓話。

然而，當蘇珞難掩好奇地問昊一，他下午那堂課會不會點名時，昊一道：

「我很少點名，這種事情得看自覺。」

「欸？」

「啊，對了，下午是我給一年級上課。」

「什麼？」

「我的教授說不帶閒人，所以給我安排了不少課，下午教的是《初級ＡＯ法理解析》。」

「這樣啊。」

難怪昊一今天穿著襯衫和西裝褲……在座的學生年紀恐怕只會比他大。

十九歲的大學助教。

而當蘇珞再次認知到昊一真的很全能的同時，他也不由得想到兩人之間的差距。

一個高二學生，一個博士研究生，還能教育大學生……

他們也就差兩歲而已，怎麼像差出一個馬里亞納海溝似的？

「怎麼了？」昊一道：「你都走神了。」

「唔……我想要你的日程表。」蘇珞想了想，還是道：「方便下次找你。」

又遇上昊一上課的話，也太沒趣了。

「好。」昊一拿出手機，把備忘錄設置成日程共用，直接發給蘇珞。

「我的也發給你。」收到昊一日程表的蘇珞很開心，把自己學校的課表還有兼職的時間統統發給昊一。

但他不知道昊一早就收買秦越，知曉他全部的行程，而且是有實況直播的。

『看，蘇珞太倒楣了，又被物理老師點到上去寫題。』

『這孩子晚上在做賊嗎？課間休息五分鐘，都能打呼嚕……』

諸如此類。

這也大大豐富昊一的私密相冊，全是蘇珞在學校的照片。

蘇珞本想拿到昊一的日程表後，寫個程式，把兩人的行程編到一起，這樣的話，什麼時候可以約會就一目瞭然。

然而，當他打開昊一的日程表就發現，自己真的想多了。

上課、小組作業、念書、社團會議、法律援助，昊一的日程密到可以引發密集恐懼症。

不過，多而不亂，昊一會記錄完成的時間，看著一整頁的「已完成」勾選，就感覺很爽，能治癒強迫症。

想想自己的課表，數學、物理、化學、自習……再想想昊一高大上的法律科目、人文研討會，嗯嗯嗯……媽的，更鬱卒了。

昊一看著蘇珞發過來的課程表，儘管可以倒背如流，也開始暗自嘆氣。

不管看幾次，都覺得自己很禽獸……昊一看著手機螢幕心想，蘇珞的課程表都很可愛。

上面還貼有小星星和小紅花，好像是完成作業的順序，星標必須儘早做完。

「看看這日程，你真的很能幹。」蘇珞放下手機，由衷地敬佩昊一。

「我能『幹』的可不只是這些。」昊一突然道，說完才自覺有點糟糕。

「還有什麼？」小白兔一般的蘇珞，眨著一雙澄澈的眼睛，看得昊一內心更是煎熬。

（操，我想幹你！）

不管是在蘇珞的教室，還是充滿男生汗臭味的體育館，都超想做。

然而這尺度爆表的話，被昊一倏地咬緊的唇齒給吞沒，再鬆開唇，便是悠悠的一句：「我還會幹飯。」

「不行，幹飯是我的人設！你這樣的小仙男不適合。」蘇珞玩笑般地捶一下昊一的肩。「好了，你去上課吧，我去給姊姊們買完奶茶就走。」

「姊姊？」

「戴雨菲啦。她有招待我，這個也是她給我的。」蘇珞拍了拍身邊的立牌。

「那我陪你去買。」

「不用啦，你小心上課遲到。」

「前面就是飲料店。」昊一堅持道：「順路的。」

其實給戴雨菲買奶茶，下次來再買也可以的。

說白了，蘇珞就是還想在昊一這裡磨蹭一會兒，大概還是「戀愛腦」作祟。

昊一也很配合地教他怎麼刷卡，哪怕在收銀員看來，這還需要教嗎？

真是戀愛中的笨蛋情侶。

「等一下，我問問她的寢室號碼。」

「沒關係，不用知道。」昊一說：「你想喝什麼？」

「招牌珍珠奶茶就好。」蘇珞不是沒注意到邊上人的「注目禮」，估計校內的論壇上已經鬧翻天。

「那我也要一樣的。」昊一對店員道，然後又湊過去說了什麼。

「好好，沒問題！」不知為什麼，從剛才起，店員就很激動，臉都紅了。

蘇珞心想，這人沒事吧？感覺亢奮到要原地起飛了。

等拿到奶茶，蘇珞就真的要和昊一道別了。

「我也回去上課了。」蘇珞看了一下手機時間，「還能趕上一堂化學課。」

「嗯。」昊一笑了笑，「下次別請假了，等週末再來玩。」

「知道了，昊老師。」蘇珞笑著說：「那我下次能去你的寢室玩嗎？」

昊一是住校生，不過為了陪伴弟弟和母親，他也經常回家住。

「Alpha的寢室不對外開放。」昊一回應：「就算是博士生的也一樣。」

「好吧。」果然每個學校對AO宿舍都看管得特別嚴格，不希望出事。蘇珞鬆開一直咬著的吸管說：「那麼，下下週末見了。」

明天就是週六，可是蘇珞看昊一的行程排得滿滿的，連週日也有案件要處理，還有研究生會的聚餐。

所以，只能下下週見。

「到學校後給我打電話。」昊一說。

「知道了，昊老師。」蘇珞又道。這一次，他很乾脆地轉身走了。

昊一想叫住蘇珞，給他一個擁抱，可是手機提醒，距離上課僅剩五分鐘，他只能忍下來。

周圍的學生全都光明正大地「偷看」著昊一。

還覺得他顏值真的逆天，睫毛不僅長，還根根分明。

那冰棕色的眼睛像明淨的玄月，好看到讓人移不開視線。

尤其當他和那個男生講話時，真的超溫柔。

那男生會不會酥麻不知道，反正邊上能聽到對話的人，無一不被電到。

就渾身酥酥麻麻的，超有感覺。

然而，在大家被昊一的美貌和信息素影響，彷彿置身雲蒸霧繞的羅曼史篇章時，周圍的空氣突然出現急凍。

那個男生消失在來來往往的人群後，昊一也變得不那麼好「偷窺」了。

大家瑟瑟發抖地收回視線，拚命吸著奶茶，彷彿它能續命。

昊一其實沒有在意旁人怎麼看，就像他和蘇珞成為戀人這件事，他不需要昭告天下，但也不會刻意隱瞞。

就算他想要隱瞞，也不覺得自己有那樣好的演技，可以在蘇珞在時，表現出對他的「不在乎」、「不喜歡」、「只是朋友」這種事。

只要看見蘇珞，他身上每個細胞都在愉快地跳舞，這份喜悅就算臉上憋住了，信息素裡都能散發出來。

同理，和蘇珞分開的無奈與不悅，也幾乎難以壓住。

情緒化、易衝動或許是Alpha的負面標籤，可是昊一從來沒有感受過這樣的「失控」，他的理智總是占上風的，直到現在……

連「我要是不那麼優秀就好了」這樣可笑的想法都跑出來了。

但事實是，只有他足夠優秀，才配得上蘇珞。

這樣想著，昊一走向教學樓。

而且他最好管住自己的欲望，別給蘇珞添麻煩。

這樣看來，很忙也不見得是一件壞事。

等出現在講台上時，昊一已然恢復到那冷靜、沉穩又專注的模樣。

非限定Alpha——米洛

※

蘇珞在巴士最後一排坐下，才去翻看學院的論壇，並尋思著要不要註冊一些分身帳號，批量發些和期末考相關的帖子，去淡化這件事的影響。

可他沒想到的是，網上全都在感謝旲一。

原來旲一竟然請了全校師生喝奶茶還有戚風蛋糕！

難怪之前買單時，那店員樂開了花。

也難怪旲一不需要戴雨菲的寢室號碼，也能給她送奶茶。

旲一請客的理由是，臨近期末，給大家加油。

於是乎，原本圍繞著旲一有沒有談戀愛的話題，開始偏向：「謝謝旲學長的奶茶和蛋糕。」

當然，這不能完全阻絕「戀愛疑雲」的話題，但隨著時間推移、考試臨近，肯定能平息下去。

「我男朋友真是能幹……」蘇珞深吸一口氣，望著窗外想，可是，為什麼總覺得還差點什麼？

「等一下，他是用這張卡付的錢。」蘇珞又掏出那張黑色的卡。「好吧，這下我是真肉疼了。」

話說回來，這裡面到底有多少錢啊？

蘇珞不知道的是，這張卡並不是昊一說的充值儲蓄，而是直接綁定在他的銀行帳戶下，不誇張地說，他可以把學院全部商店的貨品都買空一百次還有找。

「算了，多少錢我都不會花。」原本會拿昊一的證件，就只是想當通行證用，可以隨時去他的學校「騷擾」他。

可是，昊一的日程安排這麼緊湊，去了也只會給他添麻煩。

蘇珞回到學校裡，秦越得知他們交往，一高興也請了全校師生奶茶加蛋糕。

「和發喜糖的感覺是一樣的。」秦越說。

蘇珞就覺得大概有錢人家的孩子都那樣，動輒請客全校。

放學後，他先把立牌拿回家放好，再去超市買晚餐。

熟悉他的店員大叔，推薦他今日的壽司套餐很划算，還送一盒聖女番茄。

「還有需要的嗎？」店員一邊結帳，一邊照例問道。

非限定Alpha——米洛

「請問，」蘇珞看著他，「保險套在哪裡？」

「咦？」看著和自己兒子差不多年紀的蘇珞，大叔明顯一楞。

蘇珞的臉就這麼一點一點地漲紅了，比他手裡的聖女番茄還要鮮豔。

「貨架那邊有自動販賣機哦。」大叔笑了，忍俊不禁。「有很多種牌子和型號。」

「謝、謝謝！」提起袋子，蘇珞逃也似地來到店內的販賣機區域。

他以前沒在意過，原來不需要問人也能買。而且，還出售潤滑劑。

等他買完這些東西，大叔善意地笑了一下說：「我兒子前不久也交女朋友了。」

「他是男生。」蘇珞不知怎地就說出來了，理應如此一般。

「哦，」大叔是有些意外，但也很快道：「那一定是個很棒的男孩子，像你一樣。」

「謝謝，」蘇珞笑了笑，「他確實很棒。」

從超市出來，蘇珞提著裝有晚飯和私人用品的兩個袋子，往家裡走。

乘上電梯，和鄰居阿姨打招呼。

走出電梯，掏出鑰匙準備開門。

可是突然，他像想起什麼似的，停下開門的動作。

蘇珞看著手裡的袋子想，壽司買得有點多，帶一份給昊一吧。

※

政法學院的碩博研究生公寓樓，有著超大的圓弧形陽台，且每層都精心設計著綠植景觀。

當夜幕降臨時，室內燈光如繁星閃爍在蔥蘢綠幕間，有種未來科技與叢林相結合的震撼感。

蘇珞站在樓下，抬頭仰望這宏偉的建築，不禁感嘆這就是當今精英們的住所。能擁有這樣好的住宿環境，之前得付出多少汗水？

就算住在這裡，也少不得天天伏案奮筆，頭髮都念得一把一把掉，不然可殺不出一條血路。

蘇珞之前聽昊一提起過，碩士還好，但博士研究生很難畢業，經常讀著讀著，導師帶的學生開始變少，有的是精神壓力過大，有的是沒有學術成就，還有經濟問題，畢竟讀博得好幾年。

大部分人都堅持不到最後，拿個碩士文憑就回家了。

昊一還打趣，等到學生只剩下他一人時，導師怎麼都得給他畢業，不然這七、八年的經費可就白花了。

「嗯，他念書那麼辛苦，我是得好好犒勞他一下。」蘇珞看了看購物袋裡的海鮮壽司套餐。

根據昊一的日程，現在這個時間：晚上七點，昊一應該在運動。

只是他不太明白，為什麼昊一不直接寫「運動」，而是畫一個「火柴人走路」做標記。

就在蘇珞想著，要不要給昊一發條簡訊，問他健身房在哪裡時，從公寓裡忽然湧出一幫吱哇亂叫的年輕人。

這些年輕人的裝束五花八門，有穿奢牌運動裝的，有穿ＪＫ裙和蘿莉塔的，還有穿和他一樣的私立學校校服的，就是不知道是哪間學校。

就彷彿漫展剛結束，特別熱鬧。

他們這樣活力四射，或者說氣勢洶洶地衝出來，手裡還拎著大袋小袋的東西，直接把蘇珞給看傻眼。

「什、什麼情況？」也不像有火警啊？

「你跑啊！快跑！」跑在最前頭的男生，還摟著一只抱枕。

他衝著蘇珞大喊，激動得脖子上都梗著青筋。

「欸？跑？」蘇珞更懵了。他瞪著一雙眼，看著這男生從自己身旁大步飛跨，對方還用一種恨鐵不成鋼的眼神瞟他一眼。

那眼神彷彿在說：「還不跑？是不是傻？」

男生的速度快到，蘇珞只瞄見他懷裡的抱枕一秒。

上面印著四、五個男生的照片，感覺都長得挺俊。

……明星周邊？

這些人呼啦啦地從蘇珞身邊颳過，像颱風過境，差點把他給吹跑。

「這也太誇張了。」

蘇珞注意到他們手裡都拿著手幅、扇子，像給明星應援。

但他後知後覺地想，等一下，這裡不是電視台，哪來這麼多粉絲？

大腦記憶真的是很神奇的東西，平時根本不在意的東西，遭遇緊急情況時，會突然給你找線索。

蘇珞忽然想起來，在學院內部的論壇上，除了旲一這個當之無愧的人氣王外，還有幾個受人關注的Alpha……

「快看，這還有個高中生。」

「嘿嘿，膽子不小，是真不怕被抓起來記過嗎？」

伴隨著手電筒的光線，四個身材一流，臉蛋出眾，舉手投足彷彿HipHop頂流男團的Alpha，慢悠悠地從公寓樓裡晃蕩出來。

他們身邊還環繞著保全，這男團氣場就更到位了。

蘇珞想，是了！這是論壇裡提到過的「研究生男團」，顏值可以輾壓任何一個真正的偶像團體。

加上C位的旲一，吸引無數校內外的迷弟迷妹，他們會組團來這裡打卡，給他們送禮物，甚至還有偷溜進公寓樓掏垃圾桶、收集他們的私人物品，或者偷拍的。

這算是另一種「打副本」嗎？

很顯然，他們這次集體衝塔失敗，被本尊們發現，帶著保全來逮人。

蘇珞吃驚地發現——大家的髮量都很健康啊。

除了其中一位的髮型是濃密大背頭，其他有渣男錫紙燙、蓬鬆小金毛，還有乖巧娃娃頭。

但凡髮量少那麼一丟丟，都做不出這樣帥氣又「愛豆」的髮型。

而且髮色從純黑、深金到丁香紫、挑染綠……蘇珞忽然明白，為什麼昊一那頭黑髮裡挑染著奶奶灰了。

——嗯，博士生也是有叛逆期的。

以及，昊一的奶奶灰果然是最帥的！

「這弟弟是Alpha耶，真罕見，我們粉絲裡還有Alpha。」

蘇珞不就恍個神，四個A已經把他團團圍住，目光炯亮，彷彿狼群圍捕一般。

直到這一刻，他才意識到自己剛才確實應該跑的。

一對四，幾乎沒有勝算。

但真要打起來的話，他也不會怕……

——不對！我不是來幹架的啊！

「抱歉，我不是你們的粉絲，我是來找昊一的。」蘇珞努力保持住微笑，既然都是昊一的同學，就沒必要起衝突。

儘管面對著Alpha，他的運動神經本能地武裝起來。

「你要找昊一那問題就更大了，你不知道他已經有老婆了嗎？」丁香紫靠近道。

「欸？」蘇珞一時沒反應過來，只覺得「老婆」二字扎得他心臟猛地一沉。

「就是啊，昊一他有老婆。」金毛頭笑著說：「他老婆可疼他了，大晚上的，還給他送吃的，妥妥的嬌妻愛心餐。」

錫紙燙用力點著頭，抱起胳膊回味似地說：「送什麼來著？壽司？」

他的目光盯著蘇珞手裡的購物袋，隱約透出壽司的包裝盒。

大背頭看到這，嘆口氣道：「別玩了，小朋友臉都嚇白了，小心昊一等會兒找你們算帳。」

「我才不怕他呢！說好的萬年冰山，怎麼說融就融了，可憐我讀博四年了還是單身狗，他卻有這麼可愛的弟弟抱。」錫紙燙委屈極了，兩手還在蘇珞的臉邊比劃。「看看，多水靈的學弟，說是Alpha都沒人信啊。」

「確實水靈，身材也好。」另外三人齊齊點頭。

蘇珞眨了眨眼睛。還是第一次有人誇他水靈，最多也是「大可愛」而已。畢竟他不矮，也不瘦，只是挺白的。

「等一下。」蘇珞的腦迴路又轉了一個來回，驚詫地看著他們問：「你們認識我？」

「昊學神喜歡的人，誰不認識呢？」丁香紫笑道：「他的追愛宣言，可把我們嚇壞了，以為他是中邪了……」

「之前我弟弟追過他，他還說自己是直男。」大背頭抱著胳膊道：「我現在可算知道，昊一啊，他就是看臉彎的。」

「唉，不只是你弟弟，今天多少少男少女夢碎於此。」乖巧娃娃頭嘆著氣道：「不過，這些破碎的心靈會由我來接收吧～」說著，他還對蘇珞比心。

「……」

蘇珞看著他們，深深懷疑他們真的是……博士生嗎？看起來都好閒啊，和昊一忙得要死的狀態完全不一樣。

他不知道的是，能和昊一同系的人，已經不是勤能補拙的學子類型，全都是天賦型選手。

就像他對程式語言擁有天生的才能一樣。

「你們在做什麼？」熟悉的聲音，自帶低音炮的效果。

心機四人組為給昊一驚喜，紛紛用自己的信息素，把蘇珞的味道給「藏」起來，所以才把他牢牢圍在中間。

可是昊一的五感太強了，他依然捕捉到那一絲對他來說，無異於是瓊漿的氣息。

看到彷彿被餓狼圍攻的小鹿般，不知所措地眨著大眼睛的蘇珞，昊一瞬間愣住，麝香信息素瞬時炸裂，像風暴吹襲向四人組，驚得他們吱哇亂蹦地跑開。

或許是意識到自己的失控，昊一又立刻收起信息素，感到頭疼地捏著眉心。

就算是他，在這瞬息之間炸裂與收起信息素，也是會感到難受的。

「抱歉，我沒打電話就來了。」蘇珞卻誤會是自己打擾到昊一。「我以為你在鍛練。」

「是在幫忙巡邏。」昊一笑了，「我很高興看到你。」

看到蘇珞的一瞬間，他還以為自己在作夢。

是因為太想念，而出現在眼前的幻覺。

「我說你們也太客氣了吧，見面都不親一下？」四人組一沒有信息素的壓迫，立刻滿血復活。

「就是，這氣氛也太純情了。」錫紙燙說：「完全不符本老司機的期待。」

「誰會和你一樣。」昊一忍不住吐槽：「別在這教壞小朋友。」

蘇珞臉紅了，他想把便當交給昊一就走。

他提起袋子道：「這是海鮮壽司，如果你吃過晚飯了，可以當宵夜。」

昊一雙手接過。「謝謝，你吃過了嗎……」

「糟了！」就在昊一拿過去的那一刻，蘇珞猛地想起袋子裡的東西，連忙喊著「等一下！」想把袋子搶回來。

沒想到動作幅度太大，一袋子東西都被他扯散了。

「啪」一聲，兩盒壽司沒什麼大事，倒是掉出來的兩件東西，被手電筒這麼順勢一照，讓大家頓時呆住。

一盒火紅色加大碼保險套，一管冰藍色男士專用潤滑劑。

在手電筒的集束光照下，彷彿廣告片的特寫鏡頭。

火紅與冰藍，就像那什麼什麼之歌。

蘇珞感到不可置信地盯著它們，覺得自己頭頂在冒煙。

——羞得渾身發燙！

「謝謝你，幫我帶過來。」這時，昊一不急不慌地彎下腰撿起來，就像是他讓蘇珞買的，然後塞進自己的口袋裡。

接著，他看向他的同學。四人組識趣得很，一改剛才戲弄蘇珞的態度，反而裝作什麼也沒看見的樣子。

「我們還是去那邊幫忙吧。」大背頭一臉淡定地說：「今天闖進來不少人呢。」

「嗯，走吧。」錫紙燙難得沒口嗨，金毛頭友善地笑了笑。「下次再見囉，小朋友。」

只有娃娃頭還愣在那，直到大背頭過去把他拖走。

只聽娃娃頭像小老頭似地抱著胳膊，微笑點著頭說：「嗯～沒錯，我們Alpha的人生就該是性福的～」

他們走後，蘇珞默默地收拾袋子，臉紅得根本沒法抬頭看人。

「走吧。」昊一牽住蘇珞的手腕。「壽司要兩個人才好吃。」

而那幫遠遠地躲在樹叢裡的「追星族」，看到昊一竟然握著蘇珞的手，都傻眼了，直到這時才有人認出來，這就是那個被昊一特別對待的男孩子！

蘇珞並不知道，他不僅成為法學院的「名人」，在校外也頗多人認識了。

他不再是那個站在昊一身邊、無人知曉的存在。

蘇珞跟著昊一走進電梯，周圍一下子安靜下來，他才終於覺得逃出生天。

不過，昊一身上的信息素很香，而直到這一刻，他才意識到自己到底幹了什麼。

——我操！我也太蠢了吧！

臉孔也紅到無以復加的地步。

「那個……其實是新產品試用，老闆非要塞給我。」蘇珞深吸著氣說，十七年的演技全用在這了。

「尺寸是加大號的。」昊一說：「這位『老闆』很會挑。」

「是吧，我也這麼覺得。」蘇珞一本正經地回應。

昊一無言地抿著唇，似在尋思這件事的可能性。

見他這般疑惑地咬嘴唇，蘇珞忍不住道：「行吧！別忍了，你想笑就笑，我是幹了件蠢事！應該塞口袋裡的……」

昊一「噗哧！」一下，真的笑出聲來。

還是笑到肩膀都在劇烈顫抖的那種：「哈哈哈……」

「混蛋！你還真笑啊！」蘇珞是可忍孰不可忍地揪住昊一的襯衫衣領。「不准笑啦！我要揍你囉！」

「嗯，你可以揍。」昊一說著，雙臂一收摟住蘇珞的腰，就著那帥氣的笑容低語：「但我不會停。」

「你說什、唔！」蘇珞還沒來得及反應，昊一就親了上來，跟打本偷家似地又快又狠。

而且招數太流氓了！

舌頭怎麼可以直接伸進來，蘇珞一點防備都沒有，昊一就已經在激吮他的舌葉，掃蕩他口腔內的所有敏感帶。

還好購物袋套在手腕上，不然又得掉地上。

「嗯！」氣息變得急促而熾熱，蘇珞慌亂地握住昊一的腰側，卻反被推向電梯牆上。昊一雙臂一托，竟就著雙掌掐著蘇珞後臀的姿勢，將他整個抱起。

唇舌交纏的熱吻依然不止。

蘇珞心跳得像小鹿亂撞，弓著的脊背像有電流撫觸般，湧出一陣陣酥麻！

──操……我會易感吧……！

這可是在電梯裡。

蘇珞想冷靜自己，可是充滿蠱惑力的麝香信息素，恰如其分地縈繞在他們吮吸著的唇瓣間，如讓人迷醉的酒精，讓他發出含糊不清的呻吟，渾身酥麻，戰戰兢兢地意識到──會完蛋的吧。

不管是身體還是心，全都沉溺進去了。

昊一太狡猾了，竟這樣誘惑他。

腹黑的傢伙，明明就很想要嘛……

※

「嗯唔……昊……」

被昊一托抱著一直從電梯來到房間內，公寓的門顯然是指紋鎖，蘇珞有聽到身後的電動鎖芯快速扭轉的啈嚓聲。

就像他此刻的心跳，又亂又急。

兩人的唇總是撞到一起，蘇珞閉起眼時，昊一會不斷地吮吸他的唇瓣，讓他臉孔變得更燙，也情不自禁地發出濕熱的呻吟。

當昊一因為要抱著他走路，而往後稍稍撤開臉時，蘇珞便不由自主地摟住昊一的頭，主動吻上他性感的彎弓狀嘴唇。

「唔嗯……！」只是他不像昊一那麼會接吻，多少有點像小狼在亂啃，但也勾得昊一雙掌一收，更用力地掐緊他的臀。

他們兩個就像初次狩獵的小野狼，不管不顧地追逐那份上頭的甘美。

蘇珞套在右腕上的購物袋，不知道多少次因為他們兩人的莽撞行為而撞到牆面或傢俱，發出「喀啦」的聲響。

不用想也知道，餐盒肯定扁了。

不過蘇珞現在也沒有食欲，性欲倒是很盎然。

Alpha在這方面果然是很誠實的。

「啊……」身體忽然後仰，在昊一強勁臂力的扶托下，蘇珞穩穩地落進一大片柔軟的地方。

承受著兩人重量的乳膠墊往下沉，蘇珞以為是沙發，可是摸不到扶手。

直到昊一起身開燈——不是太亮的燈，暈染開來的暗橙光線彷若吧台上的一捧燭光，所以蘇珞不覺得刺眼。他很快就適應，並看清這是一間現代簡約設計的臥室。

淺棕色的壁紙，白色護牆板，大玻璃窗是落地的，隔著透光的紗簾可以看到不遠處燈火輝煌，可能是教學樓或者圖書館之類的建築。

這是在十二層，算是學校裡最高的學生公寓了，所以夜景自然沒話說。

他身處的位置就是窗邊的床上。

這算是一步到位嗎？還是尺寸不小的雙人床。

蘇珞臉紅得都沒敢看昊一。

只是覺得這銀灰色的波紋床單很好看，自己怎麼從沒想過買這樣的床單呢？

床上還擺著兩顆超大且充塞飽滿的枕頭。

非限定Alpha——米洛

床尾對著的牆邊是一張黑色書桌，牆上掛著一塊大黑板。可能是案例分析之類，黑板上用大頭針釘著一些紙張，還畫著不少線條和箭頭。

銅造書架特別大，幾乎占據整面牆，厚實的法學類書籍像常春藤般爬滿書架。

這就是昊一學習、生活的私人空間。

頂級Alpha的絕對領地。

對蘇珞來說，是他以前打死都不會靠近，也不會想要靠近的地方。

沒必要招惹頂Ａ，除非想找不痛快。

蘇珞還是很惜命的，也不想感受生理上被頂A壓制的瀕死感。

可是在昊一這裡，蘇珞絲毫不會感到畏懼，有的只是害羞，還有點小開心。

相反的，昊一顯得沒那麼淡定，像要阻止蘇珞起來似的，再次按住蘇珞的肩膀，將他壓回枕頭上。

唇瓣再度緊密重疊，昊一著迷地纏吮蘇珞的舌，牙齒輕輕啃咬著它。

「唔嗯、嗯……」蘇珞在昊一的撩撥下，意識很快朦朧。脊背不用再抵著電梯或者房門，當然更加舒服，只是他也感覺到了礙事的購物袋。

他想推開昊一，然而兩人的力量差異就在此時顯現出來，昊一只用一隻胳膊就壓得他起不了身，直到他喘息著吞下混著兩人信息素的唾液，下巴都濕濡一片，昊一才堪堪放開他。

他睜著那雙彷彿畫出來一般深邃的眼，一動不動地盯著急促喘氣的蘇珞。

「呼……你這是……」蘇珞喘了大大一口氣，忍不住調侃：「怕我跑了嗎？」

「嗯，你會跑。」昊一點點頭，幾乎是很篤定的。

「誰跑誰是小狗！」蘇珞自信滿滿說道：「儘管來，我不怕你。」

「你當是幹架嗎？」昊一笑了，輕輕撫過蘇珞緋紅的臉蛋，捏住他的下巴道：「小笨蛋。」

「你才是笨蛋。」蘇珞用膝蓋頂着昊一的大腿。「快起來。」

昊一聽話地坐起來，眼睛眨也不眨地看著蘇珞把購物袋丟到床頭櫃上，然後脫掉校服外套。

裡面是一件奶白色短袖T恤，那厚薄適中的胸膛，透著朝氣四溢的少年感。

而這白T少年，漲紅著臉頰，連耳朵都胭紅一片。

他的眼底濕潤著，卻十分執拗地望過來，像逞強般地做著他其實並不擅長的某件事。

又純又欲，撩人且不自知。

「……！」昊一心跳加速，直接看呆了。

「你不脫嗎？怎麼傻傻看著我？」蘇珞正要拉起T恤下襬，可實在無法忽視昊一的目光。太騷擾了，感覺自己秒變什麼食物，可以一口吞下的那種。

「啊，抱歉。」昊一終於斂睫，他的眼波很亮，即便在這光線不足的地方，蘇珞也被他的眸光吸引，看著昊一白皙修長的手指，勾著襯衫的領子。

圓形鈕扣逐一剝除，被那禁欲般的白襯衫裹挾的胸膛、腹肌，像電影緩慢推送的特寫，一點點地展現在蘇珞面前。

昊一穿著襯衫的時候，就能感覺到他的胸肌挺有料，至少不是單薄的類型。但也不會像健美先生那般誇張，肌肉恰如其分附著在他的骨架上，透著雕塑般的堅實感，可那肌肉線條又是雕塑無可比擬的。

至少，蘇珞不會對著大衛雕像產生出欲念，卻看著昊一那延伸至西裝褲的公狗腰而雙頰滾燙。

該死的，他是怎麼練出來的啊？

雖然這個問題，蘇珞上次就想過，但也沒有得出具體結論，畢竟昊一忙得沒有太多時間鍛鍊。可能是天賦異稟？

蘇珞垂涎著昊一的腹肌，也給了昊一可乘之機。

他就著襯衫敞開、毫不吝嗇地展示腹肌的姿態，伸手摸蘇珞的腹部。手指更是乾脆地潛入T恤下襬，掌腹貼著那細膩的肌膚往上走，T恤被高高撩起。

「唔……」昊一手掌涼涼的，有點癢，但蘇珞沒躲，甚至想抬起手，配合昊一脫掉T恤。

然而那修長的指頭卻摸向出其不意的地方。

「啊。」右側乳頭被大拇指的指腹碾過，蘇珞還沒反應過來，接著中指加入，揪弄似地反覆揉捏乳頭。

近乎疼痛的感覺瞬時穿透胸膛，彷若被小蟲子咬到似地又熱又癢，麻麻地傳至腰際。

「別摸……那裡啊……唔！」蘇珞臉孔爆紅，白皙的脖子也染上一片緋紅。

淡淡的洋甘菊香，像點綴在溫潤的牛奶杯沿的花兒，誘人俯唇品嘗。

這是蘇珞信息素的味道，乾淨得讓人想把它弄髒。

昊一毫不客氣地吻上那白淨的鎖骨，舌頭流連在凹陷處，還得寸進尺地爬上顫動的喉結，在那反覆吮吸舔舐，直到弄出深紅的痕跡。

「別弄……」蘇珞不想乳頭被這麼玩弄，怎麼說他也是大猛男，但昊一的唇舌是如此靈活又狡猾，不但吻得他渾身燥熱，也讓他不知該伸手先推開昊一的頭，還是捉住他在自己T恤內蠢動的手。

「不喜歡？」指尖再度搔弄乳尖的同時，昊一深深地吮向蘇珞耳下柔嫩的肌膚，以含著情欲的聲音道：「可它已經立起來了哦。」

「唔嗯！」儘管知道昊一這騷話說的是自己的乳頭，在手指撫弄下變得十分可恥得……越來越挺立，可是他硬的豈止是乳頭，「小弟弟」都跟著脹疼。

「真可愛啊～」昊一的指頭還在撥弄它，像玩弄什麼手感極佳的東西，簡直是愛不釋手。

「啊……」而被撥弄到酥麻的感覺，讓蘇珞的腰杆持續發燙，制服褲褲襠那兒更是撐得鼓鼓囊囊，邦硬。

蘇珞有點崩潰地想，只是乳頭被摸到而已啊，不至於反應這麼大吧？真的好羞啊！

他都想要罵髒話了，可是除了倉促地喘息，一時竟也說不出話。

「我很高興。」昊一自然注意到蘇珞對他的撫摸反應強烈，他的笑容裡透著由衷的喜悅，以及暗藏其下的興奮。「我能帶給你這樣好的感覺。」

「可、可你不會覺得……」蘇珞難耐地咬了一下唇，像強忍著某種情緒似地說：「我這樣子……很、很奇怪嗎？」

「哪裡奇怪？」

「就、就是你……摸乳頭……我的小弟弟會硬……感覺超怪的……」蘇珞超小聲地說，又咬住下唇。

沒聽說過Alpha的乳頭也能勾起情欲啊。

「你再這麼誘惑我……下場可能真的會比幹架輸了還慘哦。」昊一深沉地嘆口氣，抬手往後攏起垂到眼前的黑髮，露出微微汗濕的額頭。

「我哪裡……」蘇珞被他的盛世美顏撩到臉紅心跳，還沒弄明白自己怎麼誘惑他了，就先感受到濃厚的麝香，排山倒海地向他襲來。

「唔！」蘇珞呆住，這過於露骨的情色氣息令他頭皮發麻，全身滾燙。

非限定Alpha —— 米洛

伴隨著昊一壓下來的身軀，他因為吃驚而張開的嘴巴被精準捕捉。

「唔、咕嗯……！」

和之前的吻明顯不同，熾熱的舌瓣掃得這般激烈，且專攻上顎、頰壁這些敏感處，蘇珞被親得腰部發軟、意識恍惚，雙手用力攥著昊一的襯衫，幾近缺氧。

而窒息的感覺又帶來異樣的快感，下半身硬得都能撐破褲襠。

「唔嗯……」蘇珞難受地去扯褲鏈，昊一很明瞭似地握住他的手，輕咬著他濕透的下唇說：「我來讓你舒服。」

蘇珞眼底漾著瀲灩的春光，垂眸似地默許了，昊一拉開他的手，三兩下脫下他的制服褲。

露出來的淺藍平角內褲很可愛，還鼓著再顯眼不過的帳篷。

「麻煩你再抬下臀。」昊一說。

蘇珞不解，剛才昊一怎麼不一起脫掉內褲，但還是鼓著腮幫子抬起臀，看著昊一把他的內褲往下拽拉到大腿處。

「唔！」目睹自己的「小弟弟」從內褲裡蹦躂出來，而且勃發的前端還濕淋淋的，這畫面太色了。

意識到昊一是故意讓他看，他到底有多騷，頓時暗罵一聲：「操！」論騷氣，他可比不過昊一這白切黑。

可視覺上的刺激，果然讓「小弟弟」更朝氣蓬勃，簡直是瀕臨發射的狀態。

但這也太快了，蘇珞不得不強忍住衝動，昊一這惡人卻吻上他左邊的乳頭，同時右手握住他的陽具，指頭圈住後，從頂部開始搓弄。

滋……啵……那白皙又骨節分明的手指一下就濕了。

「啊……啊……啊唔！」

胸口被熱燙的唇舌反覆舔吸，勃發的肉柱也被來回套弄，上下夾擊的快感讓蘇珞整顆腦袋都快要融化了，他變得燥熱、變得遲鈍，但被持續不斷地碰觸的感知，卻清晰得像被顯微鏡放大。

蘇珞能感覺到那濕熱又像粗糲般觸感的舌瓣繞著他挺起的乳頭打轉，又用力地舔舐它，發出相當濕黏的水聲。

「啾啵……唔、嗯……啾。」

原本就充血漲紅的地方，如今像成熟的果實般，變得更加飽滿又堅挺，勾得人想一而再、再而三品嘗。

昊一顯然享受著這勃起後的口感，他用牙齒輕咬乳頭，用舌頭戳頂它，把蘇珞的胸口舔得又酥麻又癢，很是難耐。

「啊……哈……」蘇珞呼著熱氣，兩手像要扯碎昊一的襯衫般，狠狠抓著他的後背。他的胯間脹得不行，真的忍不了了。

……從沒有這麼亢奮又狂躁地想要射精。

甚至根部的「結」都在膨脹。

就跟喉結這樣的生理特徵一樣，Alpha的生殖器上有個特殊器官「結」。

蘇珞很少注意到它，因為它平時幾乎不會有反應。

它處在「弟弟」的根部、囊袋上方，不發情時，根本看不出來。

但在標記Omega時，「結」會因為強烈的亢奮而充血脹大，像鎖結似地牢牢卡在Omega體內，增加標記以及受孕的成功率。

說白了，那是信息素濃度達到頂峰時才會出現的極致生理反應。

這也足以說明一個Alpha對自己伴侶的渴望與占有欲有多麼強烈。

但是，因為它會讓Omega在被標記時無法逃脫，而被評價為「不人道」、「野獸一樣」的行為。

不過也有人辯駁，Alpha的「結」至少比貓科類的「丁丁」要好，貓科的「丁丁」可是帶刺的。

何況Omega也不是真的討厭Alpha的「結」啊。

對Omega，蘇珞當然沒有經驗，不過他對於自己竟然會在這時有成結反應，既興奮又害臊得不行，渾身燒著滾燙的慾火，眼角還濕透，莫名想哭。

就在這時，昊一逐漸往下的腦袋，猝不及防地咬上他的「結」。

昊一毫不客氣地張大嘴巴，用牙齒如同啃吸乳頭般，咬上最熾熱、敏感的那處，這舉動過激到超出蘇珞的常識，腦袋激閃過白光，高聳的陽具猛地迸射出精液。

「啊啊啊！」

洶湧的、溢滿信息素的黏稠液體濺上昊一的臉，昊一舔了下多到溢進唇瓣的白液，張開嘴含住蘇珞還在吐精的龜頭，撩人地舔吮著，深深地吞吐。

他的手指則頑劣地壓榨著「結」，這感覺讓蘇珞緊繃的下腹不斷抽搐，爽到腦幹都瞬間麻痺，連腰都一口氣虛軟。

「哈啊……哈……！」

這一發實在太爽，蘇珞溺水般地大口喘著氣，Alpha那驚人的精液量也讓昊一的手指更加濕黏，他邊喘息邊看著昊一那沾滿白色液體的手，心臟轟跳著。

牛奶一樣的東西緩緩往下淌，甚至從昊一的掌心流到他的腕骨上，這一幕實在淫猥，蘇珞受不了似的，下腹又開始燥熱。

昊一卻面不改色地吐出性器，伸出一截紅軟的舌，將黏在腕骨上的東西全都舔舐乾淨。

只不過他的眼神可遠沒有那麼淡定，始終牢牢地盯著蘇珞不放。

或許Alpha是真的可以化身野獸。

——昊一就是獨屬於他的野獸。

「咕。」對上昊一的視線後，蘇珞不由得吞了口唾沫，濕潤乾癢的嗓子。

這時，昊一脫下那還掛在大腿上的內褲，握住蘇珞豎起的膝蓋，將他翻身過去。

蘇珞老實地趴在床裡，感受到濕潤的手指撫摸著自己忍不住顫抖的後腰，再由胯骨來到臀丘。

啪噠！耳後響起什麼東西被打開的聲音，很清脆。

直到那涼涼的東西觸碰到股縫，他才臉紅心跳地想，是、是潤滑劑啊……

「唔……」

大概是身體本身很熱的關係，透著溫涼的潤滑劑接觸到大腿腿根的時候，反倒讓蘇珞的下肢沒那麼緊繃。

對於潤滑劑這種東西到底有什麼用，蘇珞是在ＡＯ健教課上學到的。

「別以為你們未來的結婚對象是Omega，就不屑瞭解『人體潤滑劑』的知識。」

男性Beta老師對著大螢幕上的ＰＰＴ，一本正經地說道。

「潤滑劑能保護皮膚健康，減少外部環境對皮膚的損傷，降低細菌、病毒等的侵蝕，對預備進行性愛的雙方來說，都是很好的保護。」

它具體是怎樣一種保護機制，蘇珞記不清了，也可能是因為課堂裡其他Alpha一直在狼叫，並敲桌搖椅發出各種噪音。

學校會把不同年級和班級的Alpha聚在一起，進行「特別指導」。雖然還不到十人，但足以讓人頭大。

蘇珞知道他們在嗷什麼，但課堂只是把ＳＥＸ、標記、成結等等ＡＯ性愛以人體科學的方式來講解，他實在不覺得有什麼值得起鬨。

那堂課，他上得那叫一個老僧入定，還修到滿分。

所以在便利店買保險套和潤滑劑時，他也只有「哇！好多牌子，不知道該選哪種～」的煩惱，並沒有覺得這很奇怪。

當購物袋突然破掉，被昊一的朋友看到這些東西時，他才感到害羞。但這種害羞更接近忘記拉拉鍊，還大搖大擺走在校園裡的尷尬。

可現在，當昊一的手指倒上潤滑液，溫柔撫過他的臀瓣，指尖撥弄著股縫，並往下延伸到他敏感的陰囊上時，他才忽然意識到——事情有些不對勁。

「呵……唔！」

是因為昊一的手指太黏稠的關係嗎？所以當他反覆揉弄自己的蛋蛋時，會發出「咕啾、咕啾」的摩擦聲。

光有聲音還好說，問題在於被撫摸的地方，躥升起的快感讓蘇珞舒服得整個腰都在顫慄，屁股更是不由自主地向後撅起，擺出一副「欲拒還迎」的淫蕩姿態。

這讓蘇珞頭疼地覺得，或許他買的不是潤滑劑，而是什麼催情神油。

要不然，身體的反應怎麼會這樣強烈？

強烈到完全不知羞恥。

他才去過一次啊！

「你……啊……」蘇珞想說什麼，發燙的腦袋裡卻挖不出合適的詞，只能把臉孔下的枕頭扒到雙臂下，就像初學游泳的人，死死抱著一塊可以救命的浮板。

相較於他的「六神無主」，昊一的手指倒是自在遊走，掌心還攏著雙囊搓弄，看著它們可愛顫抖，然後把那裡的毛髮弄得黏黏糊糊，才意猶未盡地摸向更深的臀縫。

不知是不是因為指腹突然壓上後庭，蘇珞不安似地抬起上身，昊一乘勢吻上他汗濕的裸背。

「嗯……啊……！」昊一的唇舌流連在少年感十足的肩胛骨上，在那留下一個又一個細密且緋紅的痕跡，像惡魔給天使的烙印。

無辜的天使撐著半身、低著頭，耳朵和臉頰竟比這烙痕更紅。

「蘇珞……我喜歡你。」親吻的間隙，昊一像吟唱靈魂契約似地低聲傾訴。

「真的好喜歡……」

這微顫、沙啞的嗓音裡透著無以言表的喜悅，以及彷彿怕驚擾到美夢的易碎感。

蘇珞認輸般地鬆垮下肩膀，暗暗地想，原來這傢伙也在緊張啊……真的……好可愛啊！

在這種時候覺得昊一可愛，肯定會有大問題，而像是要印證這一點般，蘇珞才釋放過的「弟弟」，又硬得像撬棍一樣。

他誠實的反應也促使昊一的食指，嘗試性地探進後庭。

——啊，進來了。

這是蘇珞的第一個反應。上一次做時，昊一就用指腹反覆揉弄那裡，讓他的腰痠軟得直不起來，這次指尖再次插入，不知道為何，他竟然不自覺張開嘴，鬆了口氣。就好像一直等待的東西，終於有了答案。

（討厭……我這樣……）

這讓蘇珞的臉再一次變得滾燙，也更用力抱緊身下的枕頭。

「疼嗎？」昊一見狀立刻問。

「不……與、與其說是疼……」蘇珞把大半張臉都捣在枕頭上。「倒、倒不如說是……有點怪怪的感覺……」

很怪、過分鮮明的異物感，精神過於集中在某處而導致全身汗毛直豎，就是那種非常敏感的應激狀態。

但絕不是討厭。

「那我可以再進去一點嗎？」昊一很有耐心地問。

「呃……可以。」蘇珞點點頭後，整張臉都埋進枕頭。「隨你喜歡就好。」

耳後傳來一陣輕笑，昊一低頭親吻蘇珞的後腦勺，一會兒才繼續探入手指，低語道：「你好緊啊……」

蘇珞忍不住在心裡回道，這是當然的吧。誰會沒事玩弄那裡啊？就算只是插入手指也……

「——啊！」

猝不及防的快感，類似高潮的衝擊，猛地從內部掀上頭頂，身體激起一陣過電似的酥癢。蘇珞無法用語言形容這是種怎樣的感受，只知道下肢完全不受控制地顫慄起來，烈火般的燥熱自身體深處爆裂。

抵在床單上的分身，更是像遺精似地濕透了。

「等、等一下！」這感覺讓蘇珞驚慌地喊停，腰肢卻扭著，讓昊一的手指更輕鬆地摩擦到那個地方，指腹按在上面反覆刮搔，更深沉的悅樂如鞭子抽過般掃遍全身。

「啊啊啊……昊一……那裡……不行！」這感覺強烈到像是在痛，但蘇珞知道那並不是痛楚，而是某種甜美的東西在不斷襲擊自己。Alpha的五感本就敏銳，此時更像被下藥一樣，連指尖都興奮到發燙。

「蘇珞你……好敏感啊。」昊一不但沒按蘇珞所說的停下來，反而加入第二根指頭。「裡面一直在抽搐。」

修長的食指和中指併攏，借著潤滑液插入到蘇珞又緊又熱的小穴裡，並攪動著，試圖拓寬入口處。

「哈啊、呵、啊……！」

就像昊一說的那樣，蘇珞確實很敏感，他的臀部深深吞下昊一的兩根指頭，穴口被撐開著有一點疼，可是身體也更亢奮了。這讓他頭皮發麻地哀嘆：難道我是抖Ｍ不成？

為免發出更糟糕的呻吟，蘇珞張嘴咬住枕頭，枕套很快濕了一大塊。而昊一反覆進出他體內的手指也濕透了，並隨著擴張的動作，潤滑液不時發出被擠壓、摩擦的聲音，咕啾……啾……

「唔、啊……哈……」

蘇珞能感覺到自己的那裡在變軟，同時變得更加敏感。哪怕是再細微的觸碰，他都能感受到。不僅能感受，身體還會即時給予回饋。

後穴不受控地緊縮，夾住昊一的指頭。

誰能想到只是被摸屁股，也能獲得這樣的快感？

當然，也有可能是——昊一的手指真的很會。

「夠了、你別再摸……那裡了啊……呃啊……」

G點一再被愛撫，蘇珞頭昏腦脹，被情潮造就的熱浪吞沒。他氣喘吁吁地支起上半身，扭頭瞪向昊一。

「你插進來吧。」

說完，蘇珞才意識到自己說了多麼了不得的話，「啪」地一手擋住臉，羞得只想就地掩埋自己。「我是說……我愛你。」

「真巧，我也是。」

昊一笑得很甜，伸手拿起保險套。

聽到撕扯包裝的聲音，蘇珞悄悄透過指縫看向昊一。

不知何時脫掉了襯衫和西裝褲，全裸秀身材的昊一太性感了，蘇珞覺得自己都快流鼻血。

接著，他看到那昂立的玩意兒。

不是第一次見，更曾含在嘴裡舔過，當然那尺寸是沒可能全部吞下的，除非頂入咽喉。

「咕嘟……」蘇珞不由得吞了口唾沫，多少有點傻眼。那天自己是哪來的勇氣和自信幫昊一口交？感覺那不是只用嘴巴就能高潮的玩意兒。

不過，那天昊一還是在自己嘴裡射了啊，所以自己也不是那麼不自量力吧。

（啊……我在想什麼……亂七八糟的……現在的重點難道不是……）

蘇珞的心跳快得像剛結束百米衝刺，額頭上都浮著汗。那麼大……真的進得來嗎？

（十八公分？還是十九公分？光鳥頭就好粗……該死的頂Ａ，用得著發育得這麼好嗎？反人類啊……等下要是進不來的話……是換我來做1嗎？……也不是不行……但是昊一他很想做1吧。）

蘇珞倒沒那麼執著是當1還是0，不管哪一方，都是做愛不是嗎？

只要和喜歡的人在一起，他是怎樣都可以。

而且，剛才……超級舒服的。

「既然指縫都張這麼大了，為什麼不放下手，直接看呢？」昊一調侃他。

「我的臉皮可沒你的厚。」蘇珞哼一下，但還是將擋住臉的手放下。

「我是你的戀人，你可以光明正大地看我。」

「嗯，確實，我哪裡都比你大。」昊一正往勃起的陰莖戴上套子。蘇珞買的愛心牌保險套，他可得小心使用。

「嗯？」才往裡擠入龜頭，比蟬翼還薄的套子就「噗」地破開。學霸大概是沒有吃癟的時候，所以他發愣的表情特別明顯。

……這場面多少有點可憐又好笑。

「怎麼了？」蘇珞問。

「可能是……」昊一拿起包裝盒翻過來，果然，後面寫著「Beta專用」。

Alpha做愛時動靜大，而且射精量大，所以保險套都是特製規格。蘇珞購買時，腦袋裡想的全是適合昊一的尺寸，就忘記看性別了。

Beta的套子，多追求極致裸感、輕薄的親膚體驗，對Alpha來說不夠結實。

「啊。」發現這點的蘇珞，臉上寫著大大的尷尬，昊一卻很淡定地拿起襯衫。「你等我一下，我下樓去買。」

「買什麼買！」蘇珞抓起枕頭，丟向昊一那正要邁下床的大長腿。

「欸？」昊一一把撈住枕頭，看向蘇珞。

「你這傢伙，沒有套子就無法插入了？」蘇珞面紅耳赤地怒瞪著他。「我這邊可不想再等了。」

其實他是心疼昊一都已經這樣了，卻還裝作若無其事。

若說Alpha強悍，什麼都能忍，但唯獨床上的事忍不了，這是特殊基因、生理構造以及信息素共同催化的，ＡＯ有著強烈的生殖本能。

蘇珞覺得像自己這麼佛系的Ａ，都忍不住射過一次，昊一卻一直在忍，那麼小心翼翼……

「我是Alpha，不是Omega。」蘇珞又道：「就算你射在裡面也不會怎樣。」

「可是……」這回輪到昊一面紅耳赤地抬手蓋住臉，悶聲嘆道：「可是我……不想弄傷你。」

「昊一……」蘇珞起身握住昊一的手腕，拉下他的手，笑著說：「你傷不了我……我老師說了，Alpha是很耐操的。」

所以，體育課還得比別人多跑五圈。

「你的老師，都教你些什麼啊……」昊一訝然。

「當然，他也不是那個意思啦～」這樣笑著的蘇珞，抬頭吻上昊一的唇。

昊一摟住蘇珞的後腦勺，然後張開嘴，兩人的舌瓣在雙唇間熱烈纏繞，發出潮濕的吮吸音，等分開的時候，昊一就把蘇珞推倒在床上。

「疼的話，要說哦。」昊一認真地看著他。

「嗯，不用你說，」蘇珞臉孔燒紅著，「我也會踹你下去。」

下一刻，他的雙腳就被向上抬起，比預想中要燙上許多倍的硬物抵上後穴。

「嗯、啊——呃啊！」又粗又熱還很大的東西侵入體內，蘇珞頓時爆發出難以抑制的高亢呻吟。

像發情的貓兒似的，隨著巨碩的龜頭一再頂開緊窄的內部，逐漸往深處挺進，蘇珞越發控制不住自己「騷氣」的叫聲，身體也像被一拆為二，讓他眼前炸裂出點點白光。

這衝擊太強烈了，龐然巨物似乎把蘇珞的所有感知都給掃蕩乾淨，唯獨留下的是身體內部被迫擴張的感受。那裡正一點一點淪陷，被填滿成昊一的形狀。

「啊啊……好、好燙……！」

只是大的話還不至於讓蘇珞狼狽得落下眼淚，他全身都在顫抖，連腳趾都緊緊蜷起，像在抵禦著某種難以啟齒、快要把他吞噬的極致感受。

「嗯……真的……很熱。」昊一的額上罕見地滲出汗珠，他也沉沉地吐納著氣。「也很緊。」

悍然的挺入仍在持續，蘇珞性感的小肚子一下又一下抽搐著，連帶他被侵犯的內部，同樣在拚命收縮，像勾引著昊一往更深的地方去。

「啊、啊……不行……已經頂、頂到了……！」蘇珞的喘息裡透著甜甜的鼻音，腰部猛地一顫，連前方勃起的陰莖都更加高漲。「呃啊、啊……已經……」

他好像是要說，昊一的性器已經戳到先前令他頭皮發麻的那一處，可是昊一的挺進不像手指那樣點到即止，反而繼續往裡深入。

也是，手指畢竟沒有昊一的「弟弟」長啊。

……後者可是粗壯好幾倍，輕易撐滿後穴每一寸的黏膜，以絕對囂張的姿態告訴蘇珞，他正在被昊一熱情地擁抱。

蘇珞第一次感覺到被什麼人擁有著，心跳得幾乎崩壞。

※

（誰稀罕啊！）

那是一次籃球比賽的中場休息。

昊一提著大包小包的零食來加油，大家都很高興地搶著吃時，蘇珞心裡卻爆著粗話。

就……很莫名其妙地怒氣氾濫。

他也沒有吃那些看起來很美味的零食。

蘇珞對昊一似乎總是……「看不順眼」。

卻又忍不住偷偷看他。

看他和秦越笑著聊天，看他把零食一一分給其他同學，看他坐在觀眾席卻比賽場上的他們更吸引觀眾視線。

這到底是……為什麼啊？

……

「啊啊……啊！」

昊一堅硬的性器正埋在蘇珞體內，他還突然把蘇珞的雙腿往上抬得更高，讓挺進一口氣加深。

蘇珞的嬌喘聲根本停不下來。

他滿眼淚霧地看著抱住自己的昊一，感受著兩人親密無間的「負距離」，忽然就明白了那天比賽時的心情。

不只是比賽，還有別的時候，比如昊一有段時間雷打不動地接送秦越上下學。同樣讓他感到「焦躁」、「易怒」，甚至「渾身難受」。

現在回想起來，自己「盯梢」昊一的時間、在心裡默默「懟」他的時間，關切有多少人在看他而他對別人又是什麼反應的時間，遠超過對秦越的關注。

（原來是這樣嗎……）

蘇珞忽然就明白了，他果然一開始就錯了。

他對昊一的「在意」與「吸引」，就像冥冥之中的天意，無法違抗。

而他身為Alpha的占有欲，也早就為昊一釋放出來。

這也解釋了為什麼眼下，他的身體在被強悍地侵入，以近乎被動的方式接納著讓他感到「好可怕」的巨大肉棒，心裡卻絲毫沒有想要逃開的念頭，反而因為感受到體內那無比充實的熱脹感，而高興得不停掉眼淚。

蘇珞抬手摟上昊一的頸項。或許有些事就是沒有邏輯可言，他作為一個Alpha，對昊一的喜歡早已超乎一切。

真可愛……看著蘇珞抱著自己哭得淚眼婆娑的模樣，昊一快給萌化了。他的Alpha怎麼可以這樣可愛？可愛又誘人。

就著深深結合的姿勢，他俯身下去親吻蘇珞的嘴唇，濕熱的舌頭甜蜜地纏繞，便能聽見蘇珞小貓嗚咽似的嬌喘。

「唔嗯……唔……嗯哈。」

還差一點就全部插入了，昊一卻停了下來，似乎沒那麼著急地啄吻蘇珞的額頭、眼角、還有濕熱的臉頰，再纏住蘇珞的嘴唇熱吻。

他始終擔心蘇珞會受傷。

「昊一，繼續啊……唔、呵……」反倒是蘇珞性急地啃咬起昊一的唇。

「唔。」昊一舔了舔被咬紅的唇瓣，更往下壓住蘇珞的雙腿後，一個挺腰徹底貫入。

「——啊啊！」

大概任何東西都有臨界點吧，昊一這一衝刺，真教蘇珞頭皮發麻地以為自己會被搞壞。真的太深了，肚子裡面脹得不行，被戳開的深處又麻又痛又爽。

蘇珞完全沒想過身體被徹底貫穿、填滿後會產生這樣強烈又迅疾的快感！

就彷彿他在幹昊一，而不是昊一在幹他。

操！腦袋裡竟不斷泛起白光，他根本抵禦不了這麼要命的快感衝襲，瞬間就達到高潮，噴射而出的精液不但弄濕昊一的下腹，也射到蘇珞自己的胸口。

是非常有力道的一發了。

而對陌生快感的驚慌，又讓蘇珞不知所措地再次抓傷昊一的肩頸，語無倫次地喘氣：「啊、好棒……不是、你也太不客氣了吧、嗚……」

昊一卻不動聲色地凝視著蘇珞，眼底綻放出焰火般的光，如痴如醉。

與此同時，麝香信息素以燎原之火的態勢縈繞在蘇珞每一寸發燙的肌膚上，讓他的臉頰越發顯露出情慾的潮紅。

「……我要動了哦。」煽情的低語後，昊一雙臂夾緊蘇珞高抬的雙腿，徐徐地挺腰。

「啊……不啊……啊啊！」

粗壯的陰莖撐滿後穴，哪怕只是輕微磨蹭，都狠狠碾過敏感處，隨著昊一頻頻撞擊，蘇珞覺得自己快要死了。

好脹、好熱、舒服過了頭！

令他不禁懷疑起以前的生理認知是不是都是錯的。

對Alpha男性而言，最極致的性刺激只產生於分身勃起與標記，可今天他不但從乳頭上感覺到鮮明的快感，更從昊一的抽送中體會到近乎恐怖的歡愉。

這簡直太瘋狂了！

「啊、哈……啊啊……！」他控制不住地呻吟著，淚水自顧自地洶湧下落，彷彿他天生是個哭包。

昊一持續不斷地頂撞著他，被巨根蹂躪的內部熱得像要融化，陣陣或熟悉或陌生的酥麻感拍擊全身，令蘇珞脊背顫慄、汗毛倒豎。

——這就是做愛嗎……？

蘇珞不知道自己為何突然糾結起這個，大約是這感覺與他平日裡打手槍的快感相差太大了。

簡直是天淵之別，而且是真的會讓人沉溺其中，並對其上癮。

蘇珞不想承認這一點，他因為昊一的擁抱而變得——迷亂！從腦袋到身體都一步步失去控制。

「嗯……呼……」

蘇珞不知道的是，昊一的狀況也好不到哪裡去，他一再要自己冷靜些，兩人都是初次上本壘，他不想讓自己的欲望燒壞了蘇珞，害蘇珞有不好的回憶。

可是，該說幻想過太多次這樣旖旎的場面嗎？當真實地擁抱蘇珞，並感受到他對自己的渴求後，理性到底是敵不過慾火的焚燒。

「蘇珞……」昊一不再壓抑自己的欲望，硬挺從緩慢挺動逐漸變為深深淺淺地抽送，而在重複不停的抽撤中，硬挺上暗青色的筋脈越發粗壯，帶著強勁的脈動一再衝入蘇珞又緊又熱的後穴深處。

「啊啊……哈啊……好厲害……裡面……啊！」這樣凶猛的貫穿，讓蘇珞不由得張大嘴巴，甚至流出口水，臉上浮現的全是難以置信的神色。

肉刃插入帶來的動靜也不再是細微的黏膩，而是讓人舒服到幾近失魂的重重撞擊。

啪啪、啪啪……！

這濕濡的淫靡聲響刺激著蘇珞的耳膜，連帶心臟也瘋狂敲打著，渾身的血液都發燙，是那種連骨子裡都酥軟的炙熱。

「啊……昊、昊一……哈啊……！」蘇珞連自己什麼時候射精的都不知道，嗓子都叫啞了。他開始懷疑，自己莫非真是個Omega？怎麼可以一直這麼緊緊地夾著昊一不放，明明被他折騰到快要失去意識。

昊一的衝刺卻才剛開始，加快的頂撞讓蘇珞受不了地抓著身邊的枕頭。原本在腦袋底下的枕頭不知道什麼時候移位，他索性用力地摟在懷裡，把大半張臉都藏在枕頭下。

「蘇珞……唔。」

昊一出其不意地低頭親吻上枕頭，不知為何，這比直接親臉還要讓蘇珞羞澀，肌膚更燙了幾分。

他們明明在做更色的事情……

「啊啊、啊……夠了吧……呃啊！」昊一的貫穿彷彿沒完沒了，蘇珞抓狂得想拿枕頭打他。這持久力也太好了吧！

蘇珞感覺自己的身體被他攪弄得一塌糊塗，陰莖也被幹到硬邦邦，可是昊一卻故意不讓他射似的，手指用力地攏住陰莖根部。

就在這時，昊一忽然發出喑啞的一聲：「嗯。」

這聲低喘聲太色了，蘇珞正著迷呢，昊一就猛一個深扎，直到「結」咬住蘇珞那濕熱的穴口，才開始射精。

為什麼說開始，是因為Alpha極度亢奮、想要標記時，「結」才會出現，這樣的射精通常持續十至十五分鐘，特別漫長。

意識到昊一竟然亢奮到對他的初次射精就是「成結」，蘇珞不知道該說榮幸，還是……受不了。

「唔呵……啊啊！」

第一波熱液注入蘇珞體內時，他感受到了那黏稠又來勢洶洶的勁道，腰部不受控制地顫抖起來，一股熱潮迅速從結合的深處燎遍全身，每個毛孔似乎都浸淫在令人發狂的快感中而變得異常興奮。

這樣的下場是雞皮疙瘩都湧現出來。

「哈、啊……真的……好、好棒……啊啊！」蘇珞忍不住地喊出來。他原以為等昊一射精就是結束了，沒想到他的高潮也能帶給自己這樣可怕的快感，更甚至強烈到產生窒息感。

下意識落下的淚水都把枕頭沾濕了，蘇珞盡情地呻吟著，在一波波激烈的灌注下，肚皮深處被撐得滿滿的，像頂到胃一樣誇張。

「啊……真的、哈……夠了啦……！」蘇珞感到毛骨悚然，他想從這滅頂的肉體愉悅中重新尋回自己，好讓自己喘上一口氣，可是身體被鎖死似的，任憑他怎麼扭動，都只是讓昊一射得更深而已。

他最後只能乖乖認命，誰讓他選擇「為愛做0」。

浸淫全身的麝香信息素也好聞得讓蘇珞陶醉，只是那裡面透著再鮮明不過的「獨占欲」，令他啞然。

都已經這樣了，這傢伙怎麼還這樣霸道地宣告著所有權。

昊一是想把這整棟公寓樓裡的Alpha都趕跑嗎？

真不至於，快收收這氾濫的「騷氣」吧。

非限定Alpha —— 米洛

「呼嗯……」當昊一像一頭饜足的猛獸停下動作，慢慢撤出那濕透的龐然巨物後，便依戀般地緊緊抱著蘇珞的雙腿不放。

「哈……唔……」蘇珞喘得唇瓣都乾透了，全身像廢了似地疲累。他丟開枕頭，伸手向床頭櫃。

本來想拿水杯的，後來才想起這不是自己家，床頭沒有放水杯，而是盒蓋散開的壽司套餐。

手指摸到冰涼滑嫩的鮭魚，蘇珞想也沒想抓起來就塞進嘴裡，跟饞嘴小貓似的。

這操作把昊一給整懵了，他眨著濕潤的眼看著蘇珞。

「我得補充體力才行。」蘇珞紅著臉說，聲音沙啞得不行。「可不能被你幹暈在床上。」

「為什麼不能？」昊一笑了，眼神裡滿是寵溺。

「說出去多丟人。」蘇珞飛快咽下鮭魚，都沒好意思繼續盯著昊一看。「我好歹也是Alpha。」

「那你想說給誰聽？」昊一卻摸住他的臉，扳正道：「我可以幫你澄清，說你緊抱著我嬌喘的樣子太犯規了，都把我撩急眼了，我一時沒忍住，差點被你榨乾了。」

「靠！」蘇珞的臉更紅了，用發軟的食指彈了一下昊一沁著汗的額頭。「你倒知道自己過分啊，一上來就給我開大……」

蘇珞不好意思說出「標記」二字，只能以遊戲術語代替。

「開大是什麼意思？」沒想到昊一不懂。

「就是打遊戲放大招。」蘇珞只能道。

「哦~那我放的『大招』厲害嗎？」昊一又問，頗有刨根問底的學術風範。

「滾蛋！」蘇珞抓起一塊壽司就塞進昊一的嘴裡。「你的大招我怎麼知道。」

現在的他在賢者時間，一點也不想回溯剛才那欲仙欲死的一幕幕，就——羞得想失憶。

「也是，我打遊戲都是臉滾鍵盤，弄不清技能的。」昊一笑著吃下壽司。

「我去給你拿杯水。」

看著昊一裸身下床，那玩意兒還是大得顯眼，以前蘇珞見到它只覺得「哇

非限定Alpha——米洛

靠，不愧是頂A」，現在的想法則是……它真的很屌，能把人給整死。

更正，是——欲仙欲死。

「靠！」蘇珞羞得腦袋上都要冒煙了，他這是食髓知味的節奏？

蘇珞想，原來我是這樣的人啊？

這次和昊一炒飯，刷新了他對自己的認知，而新世界往往都是危機四伏的。

「我不是，我沒有……」蘇珞掙扎著坐起來，本想讓自己冷靜冷靜，可是一動彈才發現腰痠得跟廢了一樣，臀部有股異樣的濕潤感。

是……昊一的東西流出來了。

這就是不戴套，還射了那麼多的下場。

「嗯唔……」連雙腿之間都沾滿了精液。

這也太羞恥了！蘇珞滿面通紅地僵坐著，多少有點手足無措。

下一瞬，他想到昊一說他打遊戲是臉滾鍵盤，這是不是表示——他會打遊戲。

那麼，昊一不可能不了解遊戲術語，也就是剛才他根本是在逗弄自己。

——可惡的傢伙，一會兒再收拾他！

蘇珞想拿紙巾擦一擦濕透的地方，可身上懶懨懨的，只想抱頭睡大覺。

聽到廚房裡赫然響起食物調理機的聲音，蘇珞不禁咋舌倒杯水而已，昊一當是調酒嗎？

這吵得也沒法睡，他只能坐在那。其實不只是身體，腦袋也有些麻麻的，似乎還沒能從餘韻中緩過來。

對面牆上的大黑板真是非常搶眼，上面羅列的紙張、便籤像檔案室般整齊。蘇珞從沒用過這樣龐大的「記事板」，他都是寫個小程式，然後把自己的東西丟在裡面。

昊一端著托盤回來房間，托盤上除兩杯看起來是冰鎮汽水的飲料外，還有不少乾果零食。

蘇珞不禁幻想起昊一「女僕裝」的樣子，誰讓他長得美，還大長腿呢。

「怎麼了？」察覺蘇珞的眼神不太對勁，昊一謹慎地問。

「沒什麼。」蘇珞笑得像個孩子。「只是在想，你會不會把有關我的事，也這樣詳細記錄下來啊。」

「沒有。」昊一看了眼黑板，忽然就低頭，飛快把手裡的飲料遞給蘇珞。

「沒有嗎？」蘇珞沒放過他這個心虛的小動作，拿過飲料喝上一大口。哦！

裡面居然有小青檸和洋槐花蜜的味道，超解渴。

昊一又去拿壽司，大有親手投餵蘇珞的意思。

蘇珞喝了水，元氣恢復不少，腦袋都清醒了。他抓起床單裹在腰上，踏著虛浮的步伐走向黑板。

「你做什麼？」昊一不解。

「我覺得這裡面有貓膩。」蘇珞兩手抓住黑板，輕輕一抬就把它從牆上摘下來。

「蘇珞，等一下！」昊一是肉眼可見地慌張，放下壽司，直奔向蘇珞。

「誰讓你剛才騙我說，不會玩遊戲。」

蘇珞毫不留情地把黑板翻轉過來。他知道記事板是可以兩面使用的，然後就看到了排列整齊的打卡日誌。

「這是什麼？」蘇珞驚訝地念出聲：「……《想和蘇珞一起做的一百件事》。」

一起用情侶手機殼。

一起吃火鍋。

一起看情侶電影。

為他做早餐，再一起吃。

為他洗頭、為他洗澡。

接送他上下學。

一起打遊戲。

每天問候早安和晚安。

一起過生日。

一起逛校園。

一起旅行。

一起過情人節。

……

整整齊齊地寫滿整面黑板，還用紅筆畫著愛心。

情侶手機殼和吃火鍋那裡還有完成日期。

這排版既精緻又浪漫，很有少男懷春的小心思。

「想和你一起做的事情太多了。」既然被正主發現了，昊一也乾脆地認了。

非限定Alpha——米洛

「所以先寫一百件出來，之後還會有一千件、一萬件。」

「你就這麼喜歡我啊？」蘇珞眨了眨眼，害羞起來。「光這一百條全部做完就夠花時間了，還一萬件？你這輩子的時間都得搭在我這裡。」

「一輩子和你在一起。」昊一倏地抬眸，眼神不僅認真還閃著溫柔的光。「蘇珞，從我見到你的那刻起，就一直是這麼想的，所以，你不用擔心時間不夠。」

蘇珞愣住了，他還以為喜歡上昊一就挺幸福的，現在才知道被昊一喜歡是怎樣的一種心動。

「你這是什麼表情？」昊一笑了。「對我心動到要哭了嗎？」

蘇珞笑了一下，伸手一勾昊一的後頸，調皮道：「豈止心動，連胎都動了。」

只見昊一眼底驀地一暗，麝香的信息素瞬間爆裂。

「啊。」蘇珞見狀，才暗覺他的男朋友真的不經撩啊。

「我還想做。」昊一直勾勾地望著他說：「可以嗎？」

「……」蘇珞想了想，明天是週六不用上課，但要再來一次，自己怕是見不到明早的太陽……

「不行嗎？」昊一眼巴巴地望著蘇珞，那眼神亮亮的、忽閃著，蘇珞瞬間有種猛獸撒嬌的既視感。

「只要……」蘇珞手指向黑板上的第五條「為他洗頭、洗澡」，故作淡定地道：「你能做到這點，我就ＯＫ。」

昊一眨巴兩下眼，隨即笑顏逐開。「嗯，我做得到。」

下一刻，他一把抱起蘇珞，大步邁向床，去執行那沒羞沒臊的小情侶日程。

（第二集完）

國家圖書館出版品預行編目資料

非限定 Alpha/ 米洛作 . -- 初版 . -- 臺北市 : 臺灣角川股份有限公司 , 2022.12-

冊 ; 公分

ISBN 978-626-352-095-0(第 2 冊 : 平裝)

857.7 111017191

非限定Alpha 2

作者　米洛
插畫　黑色豆腐

2022年12月12日　初版第1刷發行

發行人　岩崎剛人
總監　呂慧君
編輯　溫佩蓉
美術設計　李曼庭
印務　李明修（主任）、張加恩（主任）、張凱棋

台灣角川

發行所　台灣角川股份有限公司
地址　104台北市中山區松江路223號3樓
電話　（02）2515-3000
傳真　（02）2515-0033
網址　www.kadokawa.com.tw
劃撥帳戶　台灣角川股份有限公司
劃撥帳號　19487412
法律顧問　有澤法律事務所
製版　尚騰印刷事業有限公司
ISBN　978-626-352-095-0